Corazón
el
Enamorado

Corazón el Enamorado

LILY KING

Traducción de Mia Postigo

Ọ Plata

Argentina – Chile – Colombia – España
Estados Unidos – México – Perú – Uruguay

Título original: *Heart the Lover*
Editor original: Grove Press, un sello editorial de Grove Atlantic
Traducción: Mia Postigo

1.ª edición: mayo 2026

ISBN: 978-84-10439-29-0
E-ISBN: 979-13-87899-88-2
Depósito legal: M-6.160-2026

Fotocomposición: Urano World Spain, S.A.U.

Impreso por: Rodesa, S.A. – Polígono Industrial San Miguel
Parcelas E7-E8 – 31132 Villatuerta (Navarra)

Para Tyler, Calla y Eloise, los amores de mi vida.

PARTE I

Ya sabías que algún día iba a escribir un libro sobre ti. Una vez me dijiste que iba a desenterrarlo todo. A todo menos a ti.

Nunca sabré cómo lo contarías tú.

Para mí, todo empieza aquí. Deja que te lo cuente.

CAPÍTULO UNO

El profesor sostiene en alto dos hojas de papel color naranja fosforito.

—A pesar de su formato tan vulgar —empieza, agitando una hoja en cada mano cual banderas en un circuito—, siento que debería leer este de aquí en voz alta.

Nos había encargado que redactáramos una versión contemporánea del ensayo sobre la vida y la muerte que escribió Francis Bacon, y yo había esperado hasta el último momento para hacerlo. El único papel que teníamos en casa era uno supergrueso que nos había quedado de la fiesta que montamos por Halloween. Y me costó lo mío hacer que encajara en mi máquina de escribir.

En lugar de leerlo sin más, el profesor lo representa como si fuera una obra de teatro. Le otorga más vida y humor del que imaginaba que podía tener.

En esta clase, hay dos chicos que destacan por su intelecto. Se sientan en la primera fila y solo consigo verles la parte de atrás de la cabeza, uno con cabello castaño cobrizo y el otro con una coleta azabache y espesa. Como el profesor suele comentar cosas con ellos durante las clases, imagino que son sus doctorandos que le hacen de ayudantes. Cuando mi ensayo va pasando de mano en mano hasta llegar a las mías, ambos se vuelven para ver de quién es.

A partir de ese día, el de cabello castaño empieza a sentarse cada vez más atrás. Tres clases después, ya se sienta a mi lado.

No mucho después de eso, empieza a acompañarme a mi clase de Mobiliario Moderno, al otro lado del campus, que es la única asignatura de historia del arte en la que encontré cupo cuando me matriculé. Si bien nuestra clase de Literatura del siglo diecisiete solo tiene como treinta alumnos, damos Mobiliario Moderno en un auditorio de asientos suavecitos dispuestos en círculos concéntricos que conducen al podio del profesor, en el centro del aula. Tras él hay una pantalla grande en la que nos muestra una *chaise longue* B306 de Le Corbusier y unas mesas nido de Bauhaus. Recupero muchas horas de sueño en esa clase.

Sam camina con pasos cortos y nerviosos y su forma de hablar también es algo interrumpida y vacilante, con momentos en los que suelta todo lo que quiere decir para luego quedarse callado un buen rato. Nuestro único tema de conversación es la clase que compartimos.

—No se ha centrado lo suficiente en Cromwell —dice—, ni en que la resistencia a su gobierno motivó la imaginación de toda una generación de escritores.

Asiento. ¿Qué más podría hacer? Si no soy más que una simple estudiante, el académico es él. Eso me queda clarísimo. Nunca había conocido a un académico que no fuese profesor, pero Sam ni siquiera está haciendo el máster. Es estudiante de último año, como yo.

Más tarde me paso por la biblioteca a leer sobre Cromwell, y así la siguiente vez que vamos hacia la clase de Mobiliario Moderno hago una broma sobre el Parlamento Rabadilla. La risa de Sam es silenciosa, casi como un jadeo.

Me pregunta si he visto *El cazador* y le digo que sí, pensando que se las arreglará para hacer alguna comparación con Venitore, el cazador de *El pescador completo*. En lugar de eso, me pregunta si quiero verla de nuevo, con él. Porque la proyectarán en el campus el viernes por la noche.

Nos encontramos en el centro de estudiantes y él ya me ha comprado la entrada. Han dispuesto filas de sillas metálicas y la pantalla sobre un aparador, así que nos sentamos a esperar a que apaguen las luces. Mi compañera de habitación, Carson, pasa por nuestro lado con Bud, su novio, un Boina Verde que viene en coche desde el Fuerte Bragg siempre que puede. Van discutiendo mientras buscan un sitio vacío, tres filas por delante de donde estamos y, una vez que se sientan, empiezan a meterse mano.

La película empieza. Es larga y despiadada. Me paso la mitad del tiempo con la mirada clavada en el regazo. Sam, sentado a mi lado, ni me presta atención. Al final cantan *God Bless America* sentados a la mesa tras el funeral de Christopher Walken, la pantalla se queda en pausa y fin. Sam se levanta en cuanto empiezan los créditos y lo sigo para salir del centro de estudiantes.

Enfilamos por un camino del campus que no va en dirección a mi habitación en la calle Pye ni hacia el centro, donde creía que podríamos ir a beber algo. Me señala la residencia de estudiantes en la que vivió en su primer año y yo hago lo propio con la mía, en la siguiente manzana. La película ha hecho que todos estos edificios, manzanas y años de nuestra vida parezcan lo más ingenuo del mundo. Quiero comentar algo al respecto, pero eso también se me hace ingenuo, así que empiezo a decirle que mañana debo madrugar, a lo que él me pregunta si quiero ir a por una cerveza.

Vamos en dirección a los bares, pero él dobla hacia una calle secundaria, cruza una valla blanca y sube los escalones de piedra que dan a una puerta con una luz en lo alto.

—¿Dónde estamos?

—En mi casa.

Se nota que quería mostrármela porque sabía que me iba a impresionar con ella.

Y tiene razón.

Gira el pomo (la casa no estaba cerrada con llave, mira tú) y abre la puerta para dejarme pasar primero. Al entrar veo un pequeño recibidor con unas escaleras empinadas a mano izquierda. A la derecha hay una mesita con una lámpara, una libreta y un boli encima. Al otro lado de una puerta se ve el salón pintado de azul marino, con un sofá a rayas y una pared llena de libros.

Como hay muchos libros, suelto un comentario sobre eso.

—Esos son los que ya no caben en el despacho —contesta él.

Lo sigo por el salón hacia un despacho enorme que parece sacado de una peli antigua: estanterías llenas de libros que cubren las cuatro paredes, un escritorio grande y de patas macizas y una butaca de cuero frente a la chimenea.

—¿Es aquí donde vienes a fumarte una pipa por la noche?

Con una sonrisita, abre el cajón de arriba del escritorio que está al lado de la butaca y me muestra cuatro pipas bien acomodadas en un expositor de madera.

Me echo a reír y él hace lo propio con su risa silenciosa.

—¿De quién es esta casa?

—Del Dr. Gastrell. ¿Lo tuviste de profe cuando estudiaste a Chaucer? ¿O en su seminario sobre Milton?

Niego con la cabeza, pero sí que he oído hablar de él. La gente lo llama «Gástrico» y te advierten sobre él, sobre lo estricto que es. Además, los estudiantes de grado no van a seminarios, ¿no?

—Se ha tomado un año sabático para investigar en Merton. —Al ver que no tengo ni idea de lo que me dice, añade—: En Oxford. Nos pidió que le cuidáramos la casa este año.

—¿A ti y a quién más?

—A mí y a Yash.

¿Yash?

Hay tantas cosas que él espera que yo sepa.

Ninguno de los dos sabe qué decir después de eso. Sam cierra el cajón de las pipas y yo le pregunto dónde está el baño. Me señala una puerta bajo las escaleras. En realidad no tengo que ir, pero sí que necesito un momento a solas. Como la taza del inodoro es bastante profunda, el poquito de pis que choca con el agua arma todo un escándalo, así que paro. El espejo sobre el lavabo es ovalado y está colgado muy arriba en la pared, por lo que solo alcanzo a verme la frente y un ojo si me pongo de puntillas. Nunca los dos.

El pasillo está vacío y la puerta que da hacia la calle, a tan solo unos pasos. En cuestión de diez minutos podría estar de vuelta en mi habitación en la calle Pye. Solo que Carson y Bud seguro que están ocupados entre ellos. Oigo una nevera abrirse y sigo el sonido.

Nos sentamos con nuestros botellines de cerveza en el sofá de rayas que hay en el salón azul marino. Los cojines están tan tiesos como nosotros y Sam no es de esos tipos que les tienen miedo a las pausas largas. Mientras vamos jugueteando con la etiqueta de la cerveza, soltamos alguna que otra frase. Me pregunta si tengo mucho trabajo este fin de semana y le digo que debo escribir un relato.

—¿Para qué?

—Para mi clase de ficción.

Asiente despacio, dándole vueltas a algo que ha decidido no compartir en voz alta.

—¿Y sobre qué vas a escribir?

Barro la estancia con la mirada.

—Quizás sobre lo de esta noche.

Me mira alarmado antes de soltar una de sus risas silenciosas.

—Ah, qué listilla.

La puerta principal se abre y se estrella contra la pared.

—*Joder, es que yo ya…* —dice una voz desde el pasillo antes de que oigamos un portazo—. *Voy a cerrar con llave por si me ha seguido.* —Una risa escandalosa—. *¿Ya has vuelto? ¿Cómo ha ido la cita con la florecilla?* —Entonces se asoma en el salón y veo que es el otro chico de mi clase. Yash—. Anda, pero si aquí la tenemos.

Lleva el pelo suelto, no en su clásica coleta, y su melena oscura y espesa le cae hasta los hombros. Hace un esfuerzo por no reírse.

—¿La florecilla? —inquiero.

—Así llamamos a las chicas con las que salimos —me explica—, porque sueles llevar flores a una cita. Aunque la mía ha sido más bien una planta carnívora. —Nos dedica una sonrisa enorme en lo que se acerca, y yo miro de refilón a Sam, preocupada por que vaya a echarlo, pero él también sonríe, y es una sonrisa que no le había visto hasta el momento. Le alivia tanto como a mí que ya no estemos solos.

—¿Qué ha pasado? —le pregunta.

—Vale, pues voy a recogerla al edificio Kappa, ¿no? —empieza Yash, plantándose frente a la mesita de centro y de cara a nosotros. Sam y yo nos reclinamos en el sofá a la vez, como si hubiésemos encendido la tele—. Tienes que firmar y hacer un juramento de castidad con sangre y luego te mandan a esperar a un maldito salón lleno de mesas con encaje durante veinte minutos con todos los demás tipos patéticos. ¡Vaya!, el tal Ian estaba ahí, ese que citó las últimas palabras de Víctor Hugo la otra vez.

Sam suelta una risita.

—Veo la luz negra…

—Yo sí que he visto la luz negra en el Kappa. Esa sala es espeluznante y como que tiene un tufillo a algo. Como los dedos de mi madre, que huelen a todo lo que ha andado toqueteando durante el día. —Me mira y hace el ademán de clavar el dedo en el aire unas cuantas veces—. A mi madre le gusta tocarlo todo —me cuenta—. Y bueno, que por fin bajan las señoritas, todas a la vez y todas como que se parecen, y ninguno de los pobres desgraciados que estamos ahí esperando recuerda con cuál hemos quedado porque llevamos encerrados en el gallinero ese toda la noche. Pero, por suerte, una de ellas me reconoce y podemos largarnos de allí. La llevo al Pip's y me habla de su padre, que sufre de una enfermedad rara y espantosa, y de su hermano, que parece un imbécil, y yo me pido algo que tendría que haberse llamado «masa viscosa sobre lecho de estropajo sucio» y la devuelvo al Kappa. Pero ella quiere mostrarme algo en el gallinero, el cual se ha quedado a oscuras porque ya no hay nadie, y yo tengo que hacer como que me interesa un mosquete feo de cojones de los Confederados que hay colgado en la pared, el cual, según dice, era de su abuelo, así que salgo disparado hacia la puerta, pero ella se me adelanta con esas piernas larguísimas que se ha echado de pronto, me acorrala contra uno de los percheros y abre la boca como si fuese una serpiente. Casi me da algo, te lo juro. Pero he conseguido llegar a la puerta, poner la mosquitera entre nosotros —hace como que sostiene una puerta como si fuese un escudo—, y me he despedido como un caballero antes de salir corriendo.

Sam se está riendo tanto que esta vez sí que lo oigo.

A Yash se le escapa un resoplido por la nariz y se disculpa en lo que se seca las lágrimas de la risa.

—Espero que a vosotros os esté yendo algo mejor —dice tras enderezarse y hacer un ligero ademán con los dedos en nuestra dirección.

—Eh, ahí vamos —repongo, y ambos se echan a reír.

—Ya se pondrá mejor. Con el tiempo acabas por encariñarte —dice Yash antes de despedirse y subir las escaleras dando pisotones.

Sam se levanta y cierra las dos puertas que conducen al salón. Cuando vuelve al sofá, se sienta más cerca.

—¿La florecilla? Dime que no es una referencia al personaje de *El gran Gatsby*, porfa.

—Pero en el buen sentido —dice él antes de besarme.

El lunes, Sam me deja en mi clase de Mobiliario Moderno y, cuando salgo cincuenta minutos después, me está esperando.

—¿Quieres venir a casa a comer algo?

Nos preparamos unos bocadillos de pavo y nos besamos en el sofá de nuevo. Él no me mete prisa, así que solo nos besamos largo y tendido hasta que tengo que ir a mi clase de Lógica.

Recorro el campus como si estuviera algo mareada. Se me escapa la risa al pensar que he estado liándome en el sofá del Dr. Gástrico un lunes a plena luz del día. Todo rastro de la incomodidad que sentíamos se ha esfumado cuando nos besamos. Sam ha dicho unas cuantas cosas y yo otras pocas y nos hemos hecho reír el uno al otro sobre ese sofá a rayas.

¿Habrá notado que no tengo mucha experiencia? De momento, solo he tenido un novio, Jay, el año pasado. Nos conocimos en otoño, lo llevé a casa durante las vacaciones de primavera y se me pasó el enamoramiento al verlo en la cocina de mi madre. Se lo dije en el vuelo de vuelta a la uni, lo cual fue una pésima idea. Se puso a llorar y a montar todo un numerito, pero se negó a ir al baño para recomponerse a solas. La conversación empezó tranquila, con él diciéndome lo que me había dicho más de una vez, que me tragaba mis emociones hasta que no podía más y explotaba, y que si no me contuviera tanto quizá podríamos entendernos mejor. Por desgracia, conforme se fue dando cuenta de que no iba a hacerme cambiar de opinión, sus reproches fueron subiendo más y más de volumen. Que si había pagado por los putos billetes de avión. Que si bien podría haberse ido con sus colegas a Cayo Hueso en lugar de pasar las vacaciones en un pueblucho de Massachusetts. Que si hasta su madre me creía lesbiana.

—¡Fui yo quien te enseñó a follar! —me chilló tan fuerte que lo oyeron hasta en la cabina del piloto, la cual por aquel entonces no tenía puerta.

Y no le faltaba razón. Sí que lo había hecho. Yo había sido virgen cuando empezamos y él me hizo de profesor simpático y entretenido. Entonces no tenía con quién compararlo, ni a él ni a lo que hacíamos, pero con el tiempo descubrí que era más bien desinhibido y que me había contagiado esa cualidad. Le repateaba que fuese a contagiarle eso a alguien más, fue algo que me repitió varias veces. Fue el vuelo más largo de mi vida, por lo que di las gracias cuando las ruedas del avión por fin tocaron tierra y faltaba poco para que fuera libre. Después de Jay, me lie con el barman del restaurante en el que trabajaba, con un tipo en la barbacoa que hicieron al inicio del semestre y, hace no mucho, con un amigo de Carson que también se disfrazó de Cyndi Lauper para la fiesta de Halloween.

Sam me invita a cenar el viernes. Imagino que nos quedaremos solos en casa, con las velas del Dr. Gastrell encendidas en la mesa del comedor. Cuando sale a recibirme a la puerta, le entrego la botella de vino que he traído.

Le echa un vistazo a la etiqueta y me hace un ademán con el brazo en dirección al salón.

—Vamos a acompañar el *pepperoni* con un *riesling* de 1987 —les informa a Yash y a un chico que no conozco que está sentado a mis espaldas, en el sofá.

El susodicho tiene una mata de rizos pelirrojos como de quince centímetros en la cabeza, las piernas cortas y unas deportivas enormes que apoya sobre la mesita de centro elegante del Dr. Gastrell. Junto a ellas hay cuatro cajas de pizza. Yash va a por las copas.

El pelirrojo me señala.

—Fiesta de primer curso. Te presentaste con Dale Greensmith.

—Te presento a Ivan —me dice Sam.

Ivan cierra los ojos.

—Ibas con un vestido rojo. De botones negros.

—Menudo talento el tuyo.

—Pero tengo razón, ¿a que sí?

—Sobre el vestido, sí. Sobre mi cita, ni idea.

Se ríen como si estuviera mintiendo. Como si fuese imposible recordar un vestido y no a un chico.

—*In riesling veritas* —dice Yash, sirviendo el vino en unas copas superdelgadas que parecen unas campanillas azules—. Descubriremos la verdad sobre el tal Dale Greensmith para cuando acabe la velada.

Sam y yo nos sentamos en las butacas, frente a Ivan y Yash. El vino es dulzón y está malísimo, pero me lo paso bien sosteniendo la copa tan delicada entre los dedos.

Ivan es otro estudiante de Literatura que no conocía.

—Dime todo lo que se te venga a la cabeza cuando piensas en James Joyce. Y no te guardes ningún detalle —me ordena.

Por suerte, mi profesora de Literatura del instituto estaba un pelín obsesionada con Joyce.

—Corriente de conciencia, onomatopeyas, epifanías y «sí, yo dije sí quiero, sí, y cayendo despacio, y despacio al caer, sobre los vivos y los muertos».

Ivan se aprieta las manos sobre los ojos y asiente una y otra vez.

—«Cayendo levemente sobre el universo y levemente al caer, como el descenso de su final postrero, sobre los vivos y los muertos». Estoy bien jodido —se queja.

—Su tesis es sobre *Finnegan's Wake* —me cuenta Sam.

Ivan aparta las manos para mirarme con un resquicio de esperanza, pero ni remota idea.

—¿Tú también estás con lo de la tesis? —le pregunto a Sam.

—Es obligatorio en el programa de honores.

—Ah, claro. —*El programa de honores*. Siento como si estuviese dando clases en una uni distinta y a ellos también se lo parece.

—¿A quién te ha tocado? —inquiere Ivan.

Y es por preguntas así. No quiere saber qué clases he llevado, sino con qué profesores.

Me estrujo un poco el cerebro para recordar algunos nombres.

—Brody, Iyengar, Doukas. —Son los únicos que recuerdo. Nadie los reconoce.

—Enseñan Escritura Creativa.

—Pobre desgraciados —suelta Ivan, y Sam le hace un ademán—. A ver, digo que no se lo pueden pasar muy bien leyendo historias malas todo el semestre, ¿no?

—Ya no son malas. Estoy en la clase avanzada. —Hay que llevar tres clases antes de llegar a la de nivel avanzado.

—Uh, qué avanzada —se ríe Ivan.

—Yo tuve una clase de Escritura Creativa en mi primer año —comenta Yash.

—Qué va —repone Sam.

—En serio. Con Iyengar. —Me mira—. Mi historia no le hizo ni pizca de gracia.

—Eso no es cierto —dice Sam.

—Que la odió, te digo.

—Pero si te puso unos cuantos «visto» y hasta un comentario agradable.

—Dos en un texto de quince páginas y el comentario era más bien condescendiente.

—Que no.

—«Esto podría llegar a ser muy interesante» —cita con una mueca.

—Seguro que fue el primer trabajo que entregaste en el que no te pusieron «genio» o «deslumbrante» al final —le dice Sam.

—Te digo que no. Pero «podría llegar a ser muy interesante», ¿en serio? Como si, algún día en el futuro, pudiese tener un mínimo de talento, pero ahora no.

—¿Y fue por eso que no fuiste a otra clase de Escritura Creativa? —le pregunto.

—Exacto.

—Si ni siquiera terminó esa —interpone Sam—. Dejó la asignatura a las tres semanas.

—Ninguno de los escritores que admiro estudió Escritura Creativa —razona Yash—. No pasa nada.

Ivan me pasa una porción de pizza en un plato blanco y delicado con el borde dorado y el dibujo de unas rosas en el centro.

—Sin contar la noche del vestido rojo, ¿cómo es que no te hemos visto más? —me pregunta—. ¿Te has escondido o algo?

No formaba parte de una sororidad ni iba a sus fiestas y trabajaba tres noches a la semana en un restaurante, así que ahí tiene su respuesta.

—No sé. Estuve en el equipo de golf durante mi primer año, así que me iba mucho de viaje. —Estoy exagerando un pelín las cosas.

—Qué dices. ¿De verdad estabas en el puto equipo de golf? —inquiere.

Nuestra universidad tiene un equipo de golf de los buenos, once años seguidos campeones de la Conferencia de la Costa Atlántica, de hecho.

—Solo cuando estaba en primero. Luego lo dejé. —Lo dejé durante la primera semana, pero eso mejor me lo guardo.

—Joder. Te reclutaron del insti.

—A todo el mundo lo reclutan en el insti. —¿Se cree que estamos en 1920 o qué? Nadie entra en la universidad así como así.

—No es Daisy Buchanan, sino Jordan Baker —dice Yash, antes de ladear la cabeza para acercarme una oreja—. Di algo, a ver si se te nota la voz de rica.

—Lo dudo, lo que se me nota es que entré con una beca de golf y me cambié de carrera.

Noto que empiezo a caerles mejor a los tres en cuanto me cambian el nombre a Jordan. Lo usan mogollón.

Yash se lleva las cajas de pizza vacías a la cocina y vuelve con unos naipes.

—Jordan debe saber cómo se juega a Corazones, ¿a que sí?

La verdad es que no, pero me encanta jugar a las cartas, aprendo rápido y en mi segunda ronda ya soy capaz de darles una paliza.

—Cómo se las trae Jordan. Ten mucho cuidado con ella, Sammy.

Sam me lanza una miradita de refilón, escondiendo una sonrisa sobre sus cartas.

—En fin —dice Sam, una vez que acabamos la sexta partida, en lo que recoge las cartas en lugar de distribuirlas de nuevo.

—¿Ya vas a mostrarle los grabados? —dice Ivan—. Por alguna razón tiene grabados en su habitación, lo juro por Dios.

—¿Vamos? —Sam se ha sonrojado, pero la pregunta queda clara en su mirada.

Yash está llenando el lavaplatos en la cocina.

Asiento.

Me da la mano cuando llegamos al pasillo y lo sigo por la escalera empinada. Hay que doblar al llegar arriba y luego subir otros dos escalones. Le da a un interruptor de la pared y un aplique antiguo nos ilumina ligeramente, después de tardar un buen rato en encenderse. Me conduce a la habitación que da a las escaleras. No enciende la luz principal y no me muestra ningún grabado, sino que tira de mí hacia la cama de matrimonio que tiene el Dr. Gastrell.

Nos besamos, enredando las piernas uno con el otro, y me confiesa que lleva toda la noche con ganas de traerme aquí. Casi no queda espacio entre nosotros y me da la impresión de que me voy a correr antes de quitarme los vaqueros incluso. Se nos escapa la risa porque parece que los dedos no me funcionan, pero al fin consigo abrir la cremallera y él me toca en cuanto me los quito a patadas. Suelta una especie de gruñido en voz baja al notar lo húmeda que estoy. Intento tocarlo también, pero me cuesta bajarle la cremallera. Cuando llevo una mano a su cinturón, dice algo que parece una negativa. Puedo notarlo palpitando a través de la tela de sus pantalones, la punta de su miembro. Me cuesta lo mío quedarme quieta. Sam me besa y empieza a rozarme con un dedo, todo ello sin explicarme por qué no quiere que lo toque.

Me siento y me vuelvo a poner los pantalones. Noto el deseo aún recorriéndome las venas, muy en contra de mi voluntad, como cuando vas pedo pero necesitas que se te pase la borrachera.

—No te lo tomes a mal —me pide.

Oigo a Yash y a Ivan discutiendo en la planta de abajo, unos cuantos golpes y luego la risa de Yash. Me entra la vergüenza, como si esos dos ya supieran lo que está pasando aquí arriba. Al fin y al cabo, Ivan es quien nos ha instado a subir. Sabía lo que iba a pasar. Me estoy poniendo paranoica y tengo que irme pero ya.

Me pongo los zapatos, me acomodo el sujetador y abro la puerta.

—Jordan. —En un visto y no visto, Sam está a mi lado. Me toca el brazo, la cadera. Me levanta un poco la camiseta y se pone a frotarla entre los dedos—. Quédate, por favor. No quiero que te vayas. Te lo puedo explicar. —Me roza el pelo con los labios y su pulgar se desplaza hacia mi cadera.

No quiero bajar y tener que ver a Ivan y a Yash antes de salir. Al final, termino cediendo.

Nos metemos bajo las mantas y nos dejamos puestas las camisetas y la ropa interior. Él me abraza por la espalda, me besa el cuello y la oreja y mi cuerpo se rebela. Tengo que irme. Pero quiero quedarme. Se la noto dura contra mí. Nunca me sentí así por Jay. Sin embargo, Sam se queda dormido antes que yo y no me explica nada.

Me despierto temprano porque tengo que ir al baño. Me levanto sin despertar a Sam y me vuelvo a poner los vaqueros antes de abrir la puerta. La luz de la escalera sigue encendida y hay dos puertas más al otro lado del pasillo. Ambas cerradas. Imagino que el baño debe de estar sobre la cocina por cuestiones de cañerías, así que abro la puerta de la izquierda, tan solo un poquitín.

Pero no es un baño. Es Yash en una cama individual, bajo un edredón amarillo. Rodeado de libros. Libros apilados junto a las paredes y alrededor de la cama, e incluso unos cuantos sobre el propio edredón, a su lado. Está tumbado boca arriba con una expresión seria y concentrada que no le he visto nunca, como si dormir le exigiera mucho esfuerzo. Cierro la puerta y voy al baño, al otro lado del pasillo.

Sam ya se ha despertado cuando vuelvo. Me acomodo a su lado y nos besamos y apretujamos un buen rato. Con Jay nunca me apetecía follar por las mañanas, pero la frustración sexual es incluso peor. Intento distraerme mirando los lomos de los libros que tiene en la mesilla por encima de su hombro. *Confesiones* de San Agustín y el libro de San Pablo, *Mero cristianismo.*

Vaya por Dios.

—Tengo hambre —le digo—. Debería irme ya.

—Deja que te haga el desayuno.

Así que bajamos a la cocina.

Es una estancia vieja y algo descuidada, con un fregadero de cerámica descascarillado y unas baldosas blancas y negras en el suelo. Hay una puerta trasera con una ventana de cristal que da a un jardincito que solo tiene una triste silla en medio de todo el césped sin cortar. Me siento a la mesita que hay contra la pared, al lado de la nevera antigua. Sam prepara café en uno de esos molinillos con un cilindro de plástico en la parte de arriba que te deja ver el líquido chapoteando. Me da la espalda incluso mientras espera que hierva el agua.

Llena las tazas y me pregunta si lo bebo con leche. Como no bebo café, le digo que no, y él dice que menos mal, porque se han quedado sin leche y suelta una de sus risas silenciosas. Se sienta frente a mí y bebe largos sorbos de su café con los ojos cerrados antes de levantarse a rellenarse la taza. Para mí, el café da asco y es algo que solo beben los padres. Aunque sigo pensando que debería irme, no me levanto. Después de beberse su segunda taza, se acuerda de que hay que comer. Saca unas cuantas cosas de la nevera y me ofrezco a ayudarlo, pero me pide que me quede sentada. Me noto muy rara. No recuerdo haber compartido este tipo de silencios con Jay. No recuerdo la sensación de no saber qué decir o la de tener silencios por llenar. Por primera vez desde que cortamos, siento que lo echo de menos. Le pregunto a Sam cómo es que Yash y él terminaron viviendo aquí y me cuenta que llevaban viniendo a cenar con Gastrell desde su primer año, cuando lo tuvieron de profesor de Literatura de la Baja Edad Media. Que fue así como se conocieron ellos dos. Que Gastrell le consiguió a Yash un trabajo de investigación en el Sparrow (a saber qué es eso). También me cuenta que deja a Ivan usar su despacho en el edificio de la facultad.

—Es una persona muy generosa con sus alumnos. Qué pena que no hayas estado en ninguna de sus clases.

La literatura se me da bastante bien. Soy una estudiante de notables y sobresalientes y me suelen dejar buenos comentarios al final de mis ensayos. Pero nunca me he hecho amiga de ninguno de mis profesores, todos hombres salvo Iyengar. Ninguno de ellos me ha tratado diferente ni me ha recomendado asistir a un seminario. Una vez, hice de camarera para el profesor Wyler, cuando trabajaba en el High Five. Lo había tenido de profe de segundo, en el cuatrimestre de primavera. Iba solo, se bebió tres whiskies y me preguntó a qué hora terminaba de trabajar. Dudo mucho que tuviera la intención de hablarme sobre el programa de honores. Si hubiese tenido a Gastrell de profesor, a lo mejor habría llegado a mostrarme su habitación, pintada de verde, pero me da a mí que no me habría dejado a cargo de su casa durante todo un año a cambio de nada.

Sam prepara unas tostadas y huevos fritos con la yema líquida. Deja los platos sobre la mesa junto a una botella de kétchup y yo siento que se me cierra el estómago. Me obligo a dar unos pocos sorbos del café solo.

Oigo a Yash bajar las escaleras.

—Saludos, gente. ¿Qué vamos a desayunar? —exclama antes de llegar a la cocina. De algún modo, sabe que no me he ido—. Buenos días, buenos días. —Se planta frente a la mesa y baja la vista a nuestros platos—. No. No, no, no. ¿Cuántas veces tengo que decirlo? —Se lleva el kétchup y lo reemplaza con botellas de color rojo, naranja y amarillo que saca de la nevera—. Nunca dejes que Sam te prepare huevos fritos. Solo si tienes ganas de experimentar el *sosismo*.

—No te inventes palabras. Ni siquiera es francés.

—*Sosedad. Sosería.*

Echo mano de las botellas naranja y amarilla y salpico unas gotitas sobre los huevos fritos. Yash va a por la tercera y procede a añadir montones de rojo. Como las etiquetas ya ni se leen, no sé si las salsas son condimentos de la India o qué. Sam me contó que el padre de Yash llegó al país desde Nueva Delhi cuando tenía diecinueve años, completamente solo. Dijo que le gusta ir diciendo que lo primero que hizo al bajar del avión fue buscarse a la mujer de Tennessee más loca de todas para dejarla preñada.

Sam y yo vemos a Yash prepararse el desayuno. Va dando tumbos de la nevera al fregadero y luego al fuego. Pone más agua a hervir y, gracias al cielo, me cambia el café por una taza de té. Se sienta entre ambos, de cara a la pared, y se pone a comer a toda prisa.

—Perdona —dice tras unos cuantos bocados—. Yo no como, trago.

—¿Tienes hermanos mayores?

Niega con la cabeza.

—Soy hijo único. Pero a mi madre le gusta lavar los platos en cuanto los pone sobre la mesa. ¿Tú tienes hermanos?

—Uno. Y hermanastros también.

Abre mucho los ojos.

—Hija de padres divorciados. Guay. —Vuelve la mirada hacia Sam—. Ya somos dos herejes contra un santo.

Y eso me confirma que sabe perfectamente qué ha pasado en la habitación.

Sam se lleva su plato al fregadero.

—Uno de sus padres podría haber muerto, Yash.

El aludido se vuelve hacia mí.

—Padres divorciados —confirmo.

—¿Y madrastra malvada?

—La mismísima hermana de Satanás.

Sam se queda en el fregadero y enjuaga su plato más veces de las necesarias. Si bien he conocido a unas cuantas personas religiosas a lo largo de mi vida y mi madre hizo que la acompañara a misa un tiempo porque se encaprichó con el líder del coro de la iglesia, nunca había conocido a alguien que durmiera con San Agustín y San Pablo en la mesita de noche. Sam se sirve otra taza de café. Va por la cuarta ya.

Yash me sorprende mirándolo.

—Espero que no te moleste la peste a café. —Mira a Sam—. ¿Se lo puedo contar?

Sam niega con la cabeza, sin ganas.

—¿Conoces a la valquiria?

—¿A quién?

—A Valerie Hayes.

—No.

—La ex de Sam. El café le daba náuseas, así que Sam dejó de beberlo por ella y se ponía de un humor de perros que no veas, pero bueno, eso no viene a cuento ahora. La cosa es que un finde vinieron los padres de Sam de visita y nos llevaron a desayunar. Estábamos comiendo nuestros huevos pochados, tan tranquilos, hasta que el padre de Sam le da un sorbo a su café, se inclina un poco hacia Valerie y esta vomita sus huevos tan rápido y con tanta violencia que a nadie le dio tiempo ni a agacharse. Nadie se salvó.

—No fue para tanto.

—No fue para tanto, dice.

—Si mis padres la adoraban.

—Sus padres sí que la adoraban. Incluso después de aquel incidente. Muy simpáticos. Pero es que son de pueblo.

—Calla, Gallito.

—Son un pelín religiosos.

—Un pelín, ya —dice Sam con su risa silenciosa.

—Una cosita de nada. Sam es el rebelde, ¿te lo puedes creer? Este muchacho de aquí es la oveja negra de la familia Gallagher.

No sé qué piensa Sam de todo esto, tiene la vista clavada en su taza.

—Debo irme ya —les digo—. A diferencia de vosotros, cerebritos, yo ni he empezado con los ensayos de Dryden.

Me he dejado el jersey al lado de la cama y pienso si debería irme sin él, pero mi madre me lo tejió cuando estaba en el instituto.

Así que subo a por él. Al salir de la habitación tras ponérmelo, me encuentro a Sam en el pasillo. Yash sigue abajo, haciendo escándalo con los cacharros de la cocina. Sam me cuela las manos bajo la camiseta y las baja hasta apoyármelas sobre la parte trasera de los vaqueros. Sabe al café de la máquina y me hace retroceder hasta la habitación antes de cerrar la puerta, pero no llegamos a la cama. Bajamos a la alfombra, y yo tengo la espalda apoyada contra la puerta en lo que él me quita los vaqueros. No lleva ni treinta segundos rozándome con la lengua y yo ya me he corrido, pero sigue apretándome contra él, con la cara enterrada entre mis muslos y me corro otra vez. Oigo los ruidos que hace la puerta al sacudirse e intento por todos los medios guardar silencio, pero es que soy humana.

Y a él se le da de perlas hacer eso.

—Se te da de perlas hacer eso —le digo.

Alza la cabeza para dedicarme una sonrisa.

—La abstinencia tiene sus ventajas.

—¿De verdad no te has acostado con nadie?

No me responde.

Sé que debería hacer más preguntas, pero lo que hago es abrirle el botón de los vaqueros (hoy sin cinturón) y él no me lo impide.

En el insti solíamos decir «de todo menos eso». Sam y yo nos volvemos expertos en de todo menos eso.

CAPÍTULO DOS

Carson y yo compartimos habitación en una casa en la que viven once personas más. Cada mes, pagamos cuarenta y cuatro dólares de alquiler. Como la casa no tiene calefacción, para finales de noviembre ahorramos entre todos y compramos un calefactor a gas de los grandes, a quien llamamos Mavis y ponemos en el salón. Para entrar en calor en esta casa en invierno o bien estás dormido bajo una montaña de mantas o te acurrucas con Mavis. Empiezo a pasar más y más noches en Breach House (el Dr. Gastrell la bautizó así en honor a la casa de la infancia de D. H. Lawrence), que cuenta con unos radiadores altos en cada estancia que crujen y sueltan soniditos al encenderse. Como su alquiler de cero dólares también les incluye los servicios, siempre tienen la calefacción encendida. La primera vez que invito a Carson, no deja de hablar sobre la temperatura de la casa. Se quita todas las capas con las que se había envuelto y las deja apiladas sobre una butaca.

—Creo que voy a contagiarme malaria aquí —dice, en lo que se queda en camiseta y alza un brazo para doblarlo—. Llevaba semanas sin verme los codos.

—¿Eso es que no te duchas? —pregunta Sam.

—Qué va. Una no se ducha si vive en la calle Pye en invierno. Te morirías de frío. Me ducho en el gimnasio. —Carson forma parte del equipo de vóleibol—. Y así rapidito. Les caigo bien a todas mis compis de equipo. —Le dedica una sonrisa de oreja a oreja a Sam.

La llevo a la planta de arriba.

—Dios, si aquí hace hasta más calor.

—No pronuncies el nombre de Dios en vano en esta habitación.

Carson se queda mirando la cama.

—Así que aquí es donde no follas.

La mando a callar.

Pasa la vista por los libros que hay en la mesita de noche, sobre los que ya le había contado.

—Esto no va a terminar bien —dice negando con la cabeza—. Pero, chica, se está muy a gusto aquí con el calor. —Sacude los brazos descubiertos—. Así que te entiendo.

Ivan nos enseña un nuevo juego de cartas llamado Sir Hincomb Funnibuster, que a su vez le enseñó uno de sus ligues de Connecticut. Tras retirar todos los cincos, seis, sietes y ochos de la baraja, nos explica que cada palo representa a una familia y que cada una está encabezada por un rey: Pica el Jardinero, Trébol el Policía, Corazón el Enamorado y Sir Hincomb Funnibuster, el rey de rombos. El resto de las cartas son los distintos miembros de la familia de cada rey y gana el primero en reunir a una familia al completo. Se reparten todas las cartas y la única forma de obtener una es pedírsela a otro jugador, aunque para hacerlo hay que usar la misma frase exacta, llena de educación, y dar las gracias antes de tocar la carta que otro jugador te da. Si te equivocas, el primero en gritar «¡Sir Hincomb Funnibuster!» se queda con tu turno.

—¿Sam? —pregunta Ivan.

—Dime.

—¿Serías tan amable de darme a los gemelos de Pica el Jardinero?

—Con mucho gusto.

Sam le acerca el dos de picas deslizándolo por la mesa.

—Gracias —dice Ivan, pero lo hace demasiado tarde, tras tocar la carta, por lo que todos gritamos «¡Sir Hincomb Funnibuster!» a pleno pulmón. Y entonces nos ponemos a discutir quién lo ha dicho primero.

Uno tiene que fingir que no busca un palo en específico y debe estar atento para joderles el juego a los demás y que no obtengan lo que quieren. Se forman alianzas y subterfugios. Todos tenemos gestos que nos delatan. Yo siempre pido al loro —el tres— del palo que quiero conseguir. Sam siempre pide al vástago mayor. Ivan nunca se acuerda de dar las gracias antes de tocar la carta que ha pedido y Yash siempre se olvida del burro. Sam no puede gritar «¡Sir Hincomb Funnibuster!» sin ponerse de pie de un salto y tirar todo lo que hay en la mesa. Cuando yo lo grito, Yash dice que se me ponen unos ojos tan saltones que parece que se me van a salir de las cuencas.

Ganar ese juego es muy satisfactorio, el mostrarles a los demás que has reunido a una familia entera antes que ellos.

Esa noche, cuando ya estamos en la cama después de haber jugado unas cuantas horas de Sir Hincomb Funnibuster y de haber terminado con nuestro polvo célibe, Sam me cuenta sobre su relación con Valerie. Era bautista como él, muy devota, y le dejó muy claro desde la primera cita que no pensaba acostarse con nadie antes del matrimonio. Estaban coladitos el uno por el otro y estuvieron juntos durante meses, hasta que una noche perdieron el control y follaron. Para esa parte, se cubre la cara al contármelo.

—Rezamos, fuimos a ver a nuestros respectivos pastores, dejamos de recibir la comunión, pero ya nos había consumido.

No le digo que me parece que lo que los consumió fue aquella creencia absurda que se inventó algún individuo. Pero sí que lo pienso.

—Estabais enamorados. Fue un impulso natural. —Es lo que digo.

—Nunca me perdonaré por haberle hecho algo así.

—A mí me parece que lo hicisteis los dos.

—Fue culpa mía.

—¿Y eso por qué?

—Porque siempre es culpa del hombre.

—¿Por? ¿Acaso la violaste?

Me fulmina con la mirada.

Y a mí se me escapa la risa. No soy capaz de entender su dilema, me parece algo inventado. Es algo que he notado en gente que ha tenido una infancia estable: les gusta inventarse problemas que no existen.

—¿Por qué no os pedisteis perdón mutuamente? Haber dicho «joder, metimos la pata, qué remedio» y ya está. ¿No se supone que en eso consiste todo el jaleo con Jesucristo? En saber perdonar.

—Lo intentamos, pero… —Parece que no sabe qué decir, hasta que al final añade—: Mis defectos no serán olvidados.

—No me jodas, Sam. Esa es una cita de *Hamlet*, no de la Biblia. Y es una mierda.

Tras eso, se enfada, se da la vuelta en la cama y no me vuelve a hablar. Una vez que se queda dormido, regreso al iglú en el que vivo. Pero el lunes siguiente, cuando me acompaña a mi clase de Mobiliario Moderno por la mañana, es como si no hubiera pasado nada.

Mis noches favoritas son cuando nos quedamos en casa, ayudamos a Yash a escoger una camisa para una de sus citas, nos despedimos de él y nos ponemos a hacer la cena y ver una peli o leer un rato hasta que Yash, y a veces también Ivan, vuelven de sus respectivas citas y nos lo cuentan todo.

Ivan no piensa en nadie más que en sí mismo.

—La he hecho ver las estrellas —dice, tras volver de un encuentro con una estudiante de medicina y una cama de agua—. Nunca va a encontrar a nadie como yo.

Sam se echa a reír. Nunca los juzga por sus devaneos, aunque Yash no parece estar acostándose con nadie. Suele volver mucho antes que Ivan y hace que todas sus noches parezcan un fiasco total. Sale con muchas chicas, aunque nunca con la que, según Sam, le gusta de verdad: Lara Mertens. Es de Austria y tiene un acento tan sutil que tienes que escucharla en serio si quieres captarlo. Compartimos clase de Historia Japonesa hace unos semestres y la recuerdo muy a la moda, si bien algo melancólica, como si le costara lo suyo tener que soportar a una tira de estadounidenses. Los chicos la llaman «la diosa», pero a mí no me parece que haga buena pareja con Yash. Puedo entender por qué le gusta (su piel es perfecta, se le nota la arrogancia en la mueca de los labios, lleva chaquetas hechas a medida), pero no parece que se divierta nunca. Mientras que Yash es muy listo, muy ingenioso, y siempre está dispuesto a reírse de sí mismo. Creo que necesita a alguien que lo entienda a la perfección.

Unas semanas antes de que conociera a Sam mataron a una chica en el campus a puñaladas, según relató el periódico de la universidad en el único artículo que publicó al respecto. Ninguno de mis allegados la conocía. Carson había vuelto a casa para pasar las vacaciones de verano y yo di tumbos de habitación en habitación hasta que nos mudamos juntas a la calle Pye, en septiembre. En agosto terminé en Franklin Terrace durante unas semanas, al igual que ella, la chica de Irán. Iba a empezar su segundo año y estaba estudiando algunas clases de verano por las mañanas. Por aquel entonces yo trabajaba en High Five por las noches, así que no nos veíamos mucho. Solo recuerdo haber conversado unas pocas veces con ella. Me contó que su padre había trabajado para el sah y que se habían ido de Irán a la par que él, nueve días después de que empezara la revolución, cuando ella tenía nueve años. Tenía la piel clara más delicada que había visto en la vida, como si nunca la hubiera tocado ni un rayo de sol, y estaba enamorada del chico que vivía en el piso de al lado. Me dijo que él también iba a empezar su segundo año en la universidad y, cuando me contó que la había invitado a salir, se puso a dar saltitos por el piso como un cervatillo. Era virgen y nunca había tenido novio. Compartimos piso durante tres semanas y creo que no llegué a despedirme de ella. No la vi el día que me mudé y tampoco por el campus a partir de entonces. Un mes después de eso, la mataron. El compañero de piso del chico que le gustaba la violó y la apuñaló dieciséis veces, justo en el piso de al lado. Lo oí en las noticias a la mañana siguiente, en la emisora de la universidad. Fui al entierro sola y no hablé del tema con nadie. Solo que, a veces, cuando me despierto en la cama de Sam por la noche, pienso en ella. En Cyra, así se llamaba. En ella y su naricita respingona y su piel delicada.

Un día de enero, después de volver de las vacaciones y haber cambiado completamente de horario, me voy a Breach House con la idea de ver a Sam, pero a quien me encuentro es a Yash, fumándose una pipa en el estudio.

—¿Esto es lo que haces cuando estás solo en casa?

—Pues sí. Sam cree que no deberíamos usarlas, dice que son antigüedades, pero es que me hacen sentir como si fuera… —Sostiene la pipa por la cazoleta y da tres caladas con los ojos entornados— Louis Mountbatten. —Abre el cajón y me hace un ademán—. Venga, siéntate. Te prepararé una.

Saca una pipa de marfil, la llena de tabaco, la enciende y me la pasa. Tiene una curva muy elegante y la boquilla está ligeramente húmeda en donde ha apoyado los labios.

—¿Se supone que tienes que inhalar?

—No. Yo diría que no.

Damos unas cuantas caladas y nos echamos a reír ante nuestras poses.

—Tengo algo que decirte, Jordan —empieza, quitándose la pipa de la boca—. Creo que debería habértelo contado antes.

Yo también dejo la pipa a un lado.

—Estuve en el entierro. De Cyra, digo. Y te vi. Te reconocí de clase y quise decirte algo, porque parecías muy afectada y no vi que estuvieras con nadie, pero al final no lo hice. Lo siento. Fui porque conocía al tipo que la mató y no quise decirte eso.

—¿De qué lo conocías?

—Compartí residencia con su hermano mayor durante mi primer año. La policía encontró una sudadera con mi nombre escrito con marcador permanente en su piso, porque a mi madre le gusta marcar toda mi ropa con eso. Su hermano me la debió de haber robado y fue así como terminó en ese piso. La policía me preguntó por él y no supe por qué hasta que vi el artículo en el periódico.

—El único que publicaron.

—Sí, ese.

—¿Cómo consiguieron que nadie se enterase?

—La verdad es que no lo sé. Quizá porque era extranjera. ¿Tú de qué la conocías?

Le cuento que estuve alquilando habitación un tiempo y todo lo que recuerdo sobre ella. Me escucha, con la misma cara que tenía cuando me lo encontré dormido. El reloj de péndulo marca las tres, así que Sam no debe de tardar en llegar. Sigo a Yash a la cocina para lavar las pipas y devolverlas a su expositor.

Quiero seguir hablando sobre Cyra, pero me he quedado sin recuerdos que compartir. Prácticamente no la conocía.

—¿Crees en alguna religión?

—Yo diría que no. Creo en algo, pero no sé muy bien en qué.

—¿En una fuerza espiritual?

—Puede ser.

—¿Y te gustaría ser creyente?

—Se podría decir que sí, aunque no lo busco con muchas ganas. No a un Dios con mayúsculas ni a varios, tampoco.

—Sam quiere que lea *Confesiones* de San Agustín.

Yash me sonríe.

—Tú sí que lo has leído —digo.

—Es una especie de requisito para ser amigo suyo.

Oímos el cerrojo de la valla que hay fuera y, sin pérdida de tiempo, pasamos del despacho al salón.

Sam llega a casa.

Yo estoy en el sofá y Yash, en la butaca de enfrente. Lo saludo en voz alta y Yash le indica que estamos en el salón, aunque ninguno de los dos lo hace con voz normal.

Sam no se da cuenta de nada.

—Hola. —Deja sus libros sobre una mesita y se sienta a mi lado—. Nadie me dijo que Stubbs sería un rollo. —Pone cara de desagrado—. Algo huele raro. —Entonces me olisquea un poco—. Pero qué peste.

Yash y yo intercambiamos una mirada.

—Le hemos dado una probadita a las pipas.

Sam menea la cabeza.

—Y ahora apestáis.

—Creo que me están entrando ganas de vomitar —confieso.

—Y a mí.

—Seréis críos —se queja Sam.

En febrero, Sam y yo vamos en coche a casa de sus padres, a las afueras de Atlanta. Son personas muy amables y correctas y, aunque lo llaman Sam Bam la mayor parte del tiempo, se toman lo que les cuenta muy en serio. No me puedo creer la atención que le prestan; no le preguntan qué clases está llevando (pues se saben su horario al dedillo), sino si al final ha decidido escribir su ensayo sobre el tratado *De fato*, de Cicerón, o sobre sus cartas a Marco Bruto, y si aún le está costando entender a David Hume. Su madre le ha comprado una almohada nueva porque hace unas semanas le comentó que le había dado tortícolis. Si bien el dolorcillo ese se debió a unas posiciones raras que habíamos hecho, ni siquiera me lanza una miradita de complicidad al recibir el regalo de su madre. Sus hermanos menores apenas dicen nada y se comportan como si el mismísimo alcalde los hubiese honrado con una visita. Me ceden la habitación de invitados que hay al lado del salón y Sam dormirá arriba, en su habitación de siempre.

La primera tarde que pasamos allí Sam dice que está cansado por conducir y sube a echarse una siesta en su habitación antes de que vayamos a hacerles una visita a los vecinos y luego a cenar a un restaurante que han abierto por aquí cerca. Las siestas no son lo mío y me queda clarísimo que tengo prohibido el acceso a la planta de arriba, así que me quedo leyendo tumbada en la cama de invitados. A las cinco y media me asomo por el pasillo que conduce al salón y no oigo nada. No sé a qué hora nos esperan los vecinos, pero empiezo a arreglarme de todos modos. Me pongo un vestido, medias y unas botas grises que me compré por Navidad. Me estoy poniendo un poco de máscara de pestañas cuando oigo que alguien llama y abre la puerta.

—Llevamos media hora esperándote —me dice Sam—. ¿Se puede saber qué estás haciendo?

—Estaba esperando que vinieras a buscarme después de tu siesta.

—¿Y por qué no has salido de la habitación?

—Sí que he salido, pero no había nadie.

—Porque todos llevamos un buen rato esperándote en el vestíbulo.

—Uy, perdona. Qué voy a saber yo que me estabais esperando, y en el vestíbulo nada menos.

Cuando nos reunimos con el resto de su familia, imagino que Sam les explicará la situación, pero no dice nada.

—Lo lamento mucho —empiezo—. No sabía que me estabais esperando.

Las sonrisas que me dedican antes de montarse en el coche son tensas.

Y ahora me avergüenzo de haberme puesto la máscara de pestañas. Solo lo he hecho porque me aburría mientras esperaba a Sam. Y su familia piensa que los hice esperar a propósito porque estaba arreglándome.

Cuando el padre de Sam se pide un café después de la cena, le juro que no pienso ponerme a vomitar a lo loco, pero nadie se ríe.

La visita ha ido de mal en peor.

Al día siguiente, en lo que volvemos a la uni en el coche, imagino que nos reiremos de todo lo que ha ido mal, pero Sam no cree que haya razones para reírse. Está cabreado conmigo. Cree que me he pasado de irrespetuosa e impertinente.

—¿Impertinente? ¿Me estás llamando «cría» o algo?

—Es que es lo que pareces.

—A ver, ¿cuándo he sido impertinente?

—Las cosas que a ti te parecen graciosas en realidad son muy groseras. «Juro que no voy a ponerme a vomitar». ¿Por qué lo has mencionado? ¿Por qué querrías humillar a Valerie delante de mis padres?

—Valerie no estaba cenando con nosotros, ¿cómo voy a humillarla?

—Te estabas burlando de ella *in absentia* para quedar mejor con mis padres.

—Estaba intentando aligerar las cosas *in presentia* para que nos riéramos un poco. Todos estabais muy tensos.

—Estábamos tensos porque hiciste que se nos fastidiara el horario. Llegamos tarde a casa de los vecinos y a la cena.

—¡Porque ni me avisaste a qué hora nos íbamos! —Para entonces ya llevábamos diez veces dándole vueltas a lo mismo.

—¿Por qué no has salido de la habitación?

—¿Por qué no has ido a buscarme? ¿Acaso no tienes permiso ni para llamar a la puerta de la habitación en la que me estoy quedando por si decido seducirte y hacerte caer en pecado como la *femme fatale* que soy?

Su lista de quejas es interminable: la máscara de pestañas, las botas altas, que le haya abierto la puerta a su padre, mis bromas sardónicas, contar que habían despedido a mi padre del trabajo.

—Es como si te gustara crear drama a propósito.

—Al menos no conté por qué lo habían despedido.

—Ni me lo cuentes, que no quiero saberlo.

Le digo que es un mojigato en el peor sentido de la palabra, que lo suyo no tiene nada que ver con la religión, sino con su total falta de interés y sus aires de superioridad. Y él me dice que soy una réproba asquerosa que solo busca llamar la atención con sus depravaciones. Es una discusión brutal y nos decimos cosas horribles en ese coche. Conducimos a través de unas ventiscas de nieve, con copos que no se pegan al parabrisas y que, para cuando llegamos a la universidad, ya han dejado de caer. Le pido que me lleve a mi casa, pero se niega. Quiere seguir discutiendo. Cuando entramos en su casa, no hay nadie (Yash se ha ido a la Universidad de Virginia a ver a una chica con la que fue al instituto), así que me apretuja con fuerza contra la puerta principal. No tardamos nada en quitarnos la ropa y, motivados por la furia de nuestra pelea, follamos ahí mismo. Pero follar de verdad, en medio del pasillo, en el suelo sin moqueta, con la mesita con la libreta alzándose sobre nosotros.

Al terminar, Sam no parece afectado por lo que hemos hecho. Llevamos nuestras maletas a la habitación y bajamos para prepararnos unos bocadillos y sentarnos al sofá a hacer los deberes. Él lee a Horacio, yo, a Whitman. Se prepara un café, se trae la taza al salón y dice:

—Menos mal que el olor no te da ganas de vomitar.

Ambos nos reímos y yo me apoyo contra él para seguir leyendo. Hay muchísimo silencio sin que Yash nos interrumpa para decir que va a preparar palomitas o una taza de té. Me pregunto cómo le estará yendo en la Universidad de Virginia, si la chica a la que está visitando durante el finde será algo más que una simple amiga. Aunque aún me faltan cien páginas para terminar lo que debo leer para mañana, las palabras me bailan por la página y comprendo que me estoy quedando dormida.

—Creo que me voy ya a la cama —le digo—. Estoy agotada.

Sam baja su libro y le lleva un momento mirarme a los ojos.

—¿Podrías…? —empieza, pasando los pulgares por el borde de su libro—. ¿Podrías irte a tu casa?

Subo las escaleras para recoger absolutamente todo lo que he ido dejando en esa habitación. Mi maleta no cierra y tengo la mochila a reventar. Al llegar al rellano, me vuelvo para mirar la habitación de Yash, con la puerta entreabierta. Si estuviera en casa, ya me habría echado a llorar. Pero, como no es el caso, bajo como puedo con mis maletas y enfilo directo hacia la puerta, sin decir nada. Sam no me sigue. Se ha puesto a nevar de nuevo y, desde la acera, puedo verlo sentado en el sofá. La verdad es que no me queda claro si está leyendo de verdad o si solo finge. Tras unos minutos, al creer que ya debería haberme marchado, alza la vista para ver por la ventana. Parece asustado, como si hubiese algo aquí fuera que fuese más amenazante que la nieve que va cayendo levemente «sobre los vivos y los muertos».

CAPÍTULO TRES

La casa de la calle Pye me parece más fría, mi cama individual, más pequeña, y los ronquidos de Carson, más estridentes. Se ha mudado gente nueva. Joe el atleta ha pasado a ser Maxwell el irlandés, y Jenny la doctoranda ha dejado a su prometido para empezar una relación muy intensa con Caroline, la estudiante de medicina deportiva, con quien se mete mano en cada oportunidad que tienen. Han sellado las ventanas con un plástico azul para conservar el calor, así que la casa parece una especie de acuario durante el día, aunque todavía hay que pelearse para tener turno para acurrucarte con Mavis durante las mañanas más frías. Maxwell y Caroline se están recuperando después de haber pasado una infancia muy religiosa y me aseguran que he hecho lo correcto al dejar a ese pedazo de contumaz, como lo llama Jenny, quien se está sacando el doctorado en Estudios Medievales. Por teléfono, mi madre me dice que cree que tiene un «complejo de virgen prostituta».

—*Es cosa de todos los hombres* —continúa—. *Pero en él se nota más.*

—Quizás es lo que cree de verdad y ya.

—*Pues humillar a las mujeres no tiene nada de respetable. Es una demostración de poder que a los hombres les ha servido desde hace varios milenios.* —Lo del feminismo se le da mejor que a mí, la verdad.

Me manda un saco de dormir naranja con una capucha para que me abrigue la cabeza y lo noto muy calentito. Le comento que Carson lo usa cuando yo estoy en clase y le manda uno a ella también. Por mucho que lleve apretándose el cinturón desde el divorcio, eso nunca ha afectado su generosidad.

No me cruzo con Sam en el campus, aunque sí que veo a Yash una vez en el pasillo abarrotado del Tate Hall, durante un cambio de hora. Me paso el día entero analizando su expresión sorprendida al verme, y esa noche me quedo despierta en mi saco de dormir, lamentando la pérdida de su amistad. Caigo en la cuenta de que tenía ciertas ideas sobre el futuro en las que no me había puesto a pensar. Imaginaba que Sam y yo nos separaríamos después de la graduación, pero guardaba la esperanza de que Yash y yo siguiéramos siendo amigos, de esos que son para siempre. Ahora no me parece muy probable. Y es lo que más triste me pone.

Sam va a buscarme a la calle Pye once días después de que me echara de su casa. Me entrega una carta muy cortita y me observa mientras la leo. Para ser que me está pidiendo perdón, es bastante escueto y vago. Al final, ha firmado como «Corazón el Enamorado» y eso me hace sonreír. Me besa antes de que pueda decirle nada y, después de hablar un rato en mi habitación congelador, volvemos a Breach House, donde Ivan y Yash se ponen a vitorear al verme entrar en el salón.

La mañana siguiente es domingo y Sam se va a misa. No lo he visto ir ni una vez desde que nos conocemos. Me contó que era porque no le caía bien el nuevo pastor, pero anoche me dijo que le iba a dar otra oportunidad.

Cuando se levanta por la mañana, no abro los ojos. No sé cómo me siento al haber vuelto a la habitación verde.

Ayer me lo pasé pipa jugando al Sir Hincomb y me las arreglé para engañarlos a todos y conseguir dos familias enteras, algo que nadie había hecho hasta el momento. Yash me hizo una corona con los restos de la caja de pizza e Ivan me subió a sus hombros y me paseó por todo el salón. Una vez en la cama, Sam y yo intentamos acurrucarnos y charlar un rato, pero eso no se nos da muy bien que digamos. Con suma delicadeza, me contó que creía que ambos habíamos pecado al ceder a nuestros deseos en el pasillo de abajo, y yo le dije que no me lo parecía. Si bien no follamos después de eso, sí que estuvimos bastante cerca, siendo que aún no estábamos bien del todo y que habíamos prometido que no íbamos a volver a hacerlo.

Oigo a Yash bajar las escaleras. Diez minutos después, la casa entera huele a un sofrito de cebolla y ajo y sé que está preparando croquetas de patata como acompañamiento para sus huevos revueltos. Si no tardo mucho en bajar, seguro que me prepara un poco a mí también.

Como las patatas chisporrotean en la sartén de hierro fundido, no oye que estoy allí. Me quedo en el umbral y lo veo darle la vuelta a una con la espátula. Se ha puesto unos pantalones de chándal grises y una camiseta azul de los Allman Brothers bastante desgastada. Lleva el cabello mojado, con el flequillo enroscado hacia arriba. Es por eso que Ivan y Sam lo llaman Gallito, por esa forma que tiene de secarse el pelo. Hasta ahora no lo había visto así.

No se me ocurre qué hacer para no espantarlo.

—Mmm —suelto en voz baja—. Huele que alimenta.

Yash pega un bote y unas cuantas patatas salen volando de la espátula.

—Joder, Jordan. Creía que os habíais ido a algún lado.

—Parece un poco mosqueado, aunque también muy gracioso

con el cabello enroscado así. Nota que me quedo mirándolo y baja la mano que había subido para acomodárselo—. No te rías, casi se me sale el corazón del susto.

—Perdona. Venga, siéntate y yo me encargo de la sartén —le digo sacando una silla para él y quitándole la espátula. Y me hace caso. Cuando me vuelvo a girar, ya se ha arreglado el pelo y lo tiene normal.

—¿Sam se ha ido a misa?

Asiento.

—¿Quieres que prepare unos huevos revueltos?

—Vale.

—Tú encárgate del queso —añado, pasándole el cheddar y el rallador.

Ya nos hemos acostumbrado a cocinar juntos. A Sam no le molesta vivir a base de bocadillos de mantequilla de cacahuete y mermelada e Ivan solo se alimenta de comida para llevar. Por nuestra parte, Yash y yo preparamos muslos de pollo con verduras varias. Yo suelo hacer el picadillo que me enseñó mi madre y él, pollo con mantequilla, receta de su abuela. Solo que nunca habíamos pasado tanto rato solos en la cocina. Nunca habíamos cocinado solo para dos. Casco los huevos en un cuenco y los bato con un tenedor. Sirvo las patatas en un par de platos y luego vierto los huevos en la misma sartén, antes de raspar los trocitos de patatas y cebolla y sumarlos al revuelto. Los huevos no se pegan al fondo y no tardan mucho en cocinarse en nubecitas esponjosas, a diferencia de los trocitos que se forman en la sartén barata que tenemos en la calle Pye. Les echo el queso justo antes de retirarlos del fuego.

—Anda, qué buena pinta —dice cuando llevo los platos a la mesa. La ha puesto con unas servilletas de tela verde que no había visto antes.

—Qué bien se está comiendo así —repongo, en lo que me siento frente a él.

Entonces ambos le echamos un vistazo al reloj a la vez.

Damos unos cuantos bocados y nos felicitamos por lo bien que hemos hecho cada uno nuestra parte para luego comer en silencio. Aunque no es el mismo que compartimos Sam y yo, donde cada uno busca algo que decir apenas se le ocurre. Con Yash puedo decir cualquier cosa y se convierte en una conversación. Podríamos hablar de las servilletas verdes durante treinta minutos (de dónde las ha sacado, a qué nos recuerdan, quién las ha planchado). Pero quiero aprovechar el tiempo. Lo he echado de menos durante estos once días, cuando creía que no volveríamos a ser amigos. No puedo decirle eso, pero la idea me da vueltas en la cabeza. Nos queda menos de media hora hasta que regrese Sam, así que tenemos que hablar de algo importante, algo que asegure que seguiremos siendo amigos para siempre. Es bastante presión para unos veinticinco minutos un domingo por la mañana. Le echo un vistazo cuando está acomodando tanto los huevos como la patata en el tenedor, con la ayuda del cuchillo. Come de esa forma británica que seguramente le enseñó su padre, usando el cuchillo para más que simplemente cortar. Una ligera sonrisa le tira de los labios, como si no reparara en que no estamos hablando. O como si lo estuviéramos haciendo.

Me sorprende mirándolo y me sonríe con ganas.

—Me alegro de que hayas vuelto.

—Y yo. Echaba de menos la casa. —Paseo la mirada por la cocina, como si fuese eso lo que he echado de menos, y luego señalo un ejemplar de *Infierno* de Dante Alighieri y le pregunto para qué clase lo está leyendo.

—Para ninguna. Estoy avanzando con las lecturas para el seminario sobre la inmortalidad que dará Gastrell en otoño.

—¿En otoño? ¿No te vas a graduar con nosotros?

—Tuve que dejar los estudios en segundo de carrera, así que aún me queda un año.

Sam me habló sobre eso. Me dijo que el padre de Yash ingresó a su madre en un hospital psiquiátrico y que Yash tuvo que sacarla. Le pregunté cómo podría ser posible algo así cuando esos dos llevaban divorciados desde que Yash tenía cinco años, y la respuesta de Sam fue que no entendía cómo pretendía ser escritora si no podía confiar en una historia sin cuestionar hasta el más mínimo detalle.

Me quedo más tranquila al saber dónde pasará Yash el otoño.

—¿Has leído *El último otoño* de Ray Hart? Es sobre un chico que se queda en la universidad un semestre más de la cuenta.

—No, pero cuéntame. El argumento suena interesantísimo.

—Es muy bonita. Sus amigos ya no están y, en una clase, él se queda mirando la nuca de una de sus exnovias, maravillado por lo que antes sentía por ella. Vive con un chico que solo escucha un álbum llamado *Los éxitos del country* y nada más, y se ven las hojas caer y el frío asentarse y se lía con otra chica, aunque no tienen nada serio, pero sí que comparten un momento precioso junto al campo de fútbol en el que ella le abrocha y le desabrocha el botón de la chaqueta. —No consigo descifrar la expresión de Yash—. Pero bueno, que es como una despedida a la juventud muy emotiva.

—Creo que quiero leerlo —dice, y no añade nada más. Ningún comentario burlón, ninguna frase sarcástica.

—La verdad, es mucho mejor de lo que lo hago parecer. La puerta trasera hace ruido y ambos pegamos un bote. Vemos a Sam por la ventana, dándole un empujón a la puerta con la cadera hasta desatascarla. Nunca había visto a nadie entrar o salir por ahí.

Al entrar, me quita la servilleta verde que tengo en el regazo.

—Qué elegantes estamos —dice volviéndose hacia el fogón para ver la sartén vacía—. ¿No me habéis guardado nada?

Yash y yo nos ponemos de pie de un salto y empezamos a picar patatas y cebollas. Sam se sirve una taza de café frío.

—¿Qué tal la misa? —pregunta Yash.

Sam se sienta en mi sitio y estira las piernas sobre la silla de Yash.

—El nuevo no ha mejorado nada. Todo es una interrogante, como si se lo estuviera planteando todo junto a nosotros. Lo suyo es pura pose.

—Quizás es que sí se está cuestionando las cosas —comento.

—Si es así, no debería ser pastor. Dios no es una pregunta, es la respuesta a todo.

Yash y yo estamos hombro con hombro frente a la tabla de cortar bastante grande como para los dos, cada uno con su cuchillo. Me gustaría intercambiar una miradita con él, pero, como Sam parece estar de un humor raro, podría descubrirme. Doy dos golpecitos con mi cuchillo, sin cortar nada, y Yash hace lo mismo en respuesta.

Después de desayunar, Sam y yo nos vamos caminando a la biblioteca. Yash se va a estudiar con una tal Annabel a una cafetería. Sam me tira de la mano, me aparta del camino y me hace pegar la espalda a un árbol para besarnos un rato, antes de continuar con nuestra ruta. La atracción que sentimos el uno por el otro es nuestro único medio de comunicación y me temo que se está apagando. Aun con todo, después de eso me cuesta concentrarme en *Cosmos*, para mi clase de Astronomía, una asignatura sencillita a la que me matriculé para cumplir con el requisito de incluir una clase de ciencias. Así que me pongo a observar a Sam. Siempre nos sentamos a una de las mesas, no en las butacas que hay cerca de las ventanas, que era donde me sentaba antes de conocerlo. Tiene un libro que mantiene abierto con la mano izquierda mientras hace apuntes en una libreta con la derecha. Está traduciendo a Ovidio de vuelta al latín, uno de los poemas de *La metamorfosis* llamado «Ifis y Yante». Bajo la vista a mi propio libro y de verdad me parece que vamos a universidades distintas. Luego tiene que pasar a sus lecturas de Ética Moderna, para la que tiene libros de Hume, Rousseau y Kant apilados junto a él. Tras perder mi beca, he conseguido financiar mis estudios universitarios gracias a una mezcla de préstamos y mi trabajo en el High Five. Y tendré que pagarlo todo más adelante, todo el tiempo que he perdido en el mundo académico, los años desperdiciados. Porque no me lo he tomado en serio. Me quedo mirando lo rápido que escribe Sam en latín hasta que él me devuelve la mirada.

—¿Qué pasa?

—Que no he tomado las decisiones correctas.

Voy a ver a mi asesor, que da unas clases sobre Swinburne a las que nunca he asistido y no deja de acomodarse el cojín de la silla. Aunque se afeita, deja que el resto del pelo le crezca a lo loco, con unos mechones que le brotan de las orejas y la nariz y unas cejas que se entrelazan la una con la otra.

Le informo que quiero hacer una tesis de Escritura Creativa en el programa de honores.

—Ya es tarde para eso —repone.

—Quiero quedarme un semestre más.

—Vas a tener que pedir otro préstamo.

—Lo sé, pero quiero hacer la tesis y cursar dos seminarios.

—Para eso necesitas unas notazas.

Le paso mi expediente académico.

Sus cejas despeinadas se mueven de aquí para allá. Se quita el cojín que tiene detrás de la espalda y lo cambia por uno más pequeño que hay al lado de su silla antes de devolverme mi expediente.

—Que así sea —dice, con un mohín en los labios que creo que tengo que interpretar como algo bueno.

Unas semanas después de eso, me encuentro con Yash fuera de mi clase de escritura. Estamos en plena tarde a principios de marzo, con el sol brillando fuerte después de su breve ausencia durante el invierno. Sam está en su seminario de Ética de tres horas, por lo que Yash y yo volvemos hacia la plaza. Me cuenta que tenía pensado comprarse un té helado y leer bajo el sol, y le digo que yo pensaba hacer lo mismo. Recuerda que íbamos a comentar mi historia en clase ese día y me pregunta qué tal ha ido.

—Todos han sido muy amables —le cuento.

—¿Incluso Bryce?

Me echo a reír. Ya le había hablado de Bryce, un tipo de mi clase que detesta a las protagonistas femeninas. Si una historia iba sobre una mujer, siempre se las arreglaba para soltar el comentario de que había tenido una novia justo así. Creo que no se da cuenta de la cantidad de veces que ha usado esa excusa.

—No ha dicho ni «mu».

—¡Eso es que le ha gustado! —me dice, chocando su hombro con el mío.

Nos pedimos un té en la cafetería y nos sentamos en los escalones bajo el sol. Me embarga la sensación de que así tendría que haber pasado mis años de universidad, sentada con Yash en los escalones de la plaza, y noto un pinchacito de tristeza. Pero entonces lo recuerdo.

—Yo tampoco me voy a graduar este semestre.

—¿En serio?

Le cuento lo de la tesis, aunque no lo de los seminarios. Me he apuntado al de Inmortalidad, pero no quiero que piense que lo hago en plan acosadora.

Yash asiente sin decir nada. Señalo el ejemplar de *La copa dorada* que está junto a su pie y le pregunto qué tal lo lleva, y él me cuenta una historia sobre Henry James que su profesor les ha relatado esa misma mañana. Que, al enterarse del suicidio de Constance Fenimore Woolson, se fue derechito a su piso en Venecia a destruir todas las cartas que le había escrito y a intentar deshacerse de sus vestidos en el lago, pero que estos se negaban a hundirse. Yash me cuenta la historia con muchísimo entusiasmo, aferrándose a un palo imaginario al simular el remo de gondolero que usó James para empujar los ropajes bajo el agua y recreando su expresión atormentada al ver que volvían a flote una y otra vez. Si bien lo suyo es estar siempre de buen humor, hoy parece gozar de una dosis extra de alegría. Cuando termina con su representación, se vuelve a sentar y alza la cara hacia el sol.

—Me alegro de que tú también vayas a quedarte —me dice sin abrir los ojos—. Al menos tendré a una amiga.

—Lo mismo digo.

Me vuelve a dar un golpecito con el hombro.

—Nos despediremos juntos de nuestra juventud.

Se lo cuento a Sam esa misma noche, después de terminar de trabajar en el High Five, para que no se entere de la noticia por alguien más. Estamos tumbados en su cama, comiendo gominolas que le ha enviado su madre por Semana Santa. Su reacción es bastante más intensa de lo que imaginaba.

—Cómo te gusta complicarte la existencia, ¿no?

Me encojo de hombros. Ahí va a juzgarme.

—Renunciaste a tu beca y pediste un montón de préstamos que todo el mundo sabe que cuesta la vida pagarlos, incluso cuando uno planea tener una profesión de verdad. Y ahora vas y le sumas otro semestre de deudas solo porque te niegas a ser una adulta de una vez.

Para entonces yo seguía con mi uniforme de trabajo: unos pantalones caqui y un polo verde azulado, con una calcomanía de una pelota de baloncesto sobre el pecho izquierdo. Llevo trabajando desde que empecé la universidad, hasta dos empleos en verano. Sam ha trabajado media jornada en la oficina de su padre durante las vacaciones y, tras el viajecito a Europa que le espera este verano, se irá allí a trabajar en otoño.

Paso la mirada por la casa en la que vive de gratis y los servicios que tampoco paga. Alzo la cestita rosa que le han regalado y la agito entre ambos.

—No sé yo si te conviene que hablemos sobre quién es adulto y quién no, Sam Bam —le digo, con lo que le arranco una pequeña sonrisa.

Queda poco para que tanto Sam como Ivan tengan que entregar la tesis. Ivan se dedicó los primeros meses a desfogar su ansiedad, pero ahora sí que está concentrado en dedicarle tiempo y entregarla. Por su parte, Sam, que no se había preocupado en absoluto por ella, ha pasado a dejarse consumir por el estrés. Aunque su tesis va sobre el principio de contigüidad de Hume, se descubre a sí mismo desmintiendo su propio argumento. Su consumo de cafeína se triplica, empieza a fumar y el único modo de que se quede dormido es si se tumba bocabajo y le hago mimitos en el pelo mientras le canto. La primera canción que le canto es una balada antigua sobre una feria, lo que me lleva a pensar en «Been Too Long at the Fair», de Bonnie Raitt.

—¿No te sabes más que canciones de feria? —me dice con la voz amortiguada por el colchón.

—No sé yo.

Para cuando empiezo a cantar «North Country Fair», otra del mismo tema, ya se ha quedado frito.

Lo de las canciones dura una semana o dos. Dice que canto bonito y me llama Calíope. Y yo me pregunto si Yash podrá oírme desde su habitación. Tras entregar su tesis, Sam se vuelve a calmar y me pide que lo ayude a dejar de fumar. Dos de sus abuelos murieron por culpa del tabaco y él les prometió a sus padres cuando era pequeño que jamás lo haría. Me dice que no puede seguir fumando cuando se gradúe. Ato unos cuantos en grupitos con una cinta, con la intención de reducir su consumo de tres cigarros al día durante los próximos cinco. Para el día seis, se acabó lo que se daba.

Varios días antes de que se gradúen, vamos a una fiesta de último curso. Yash por fin se ha animado a invitar a Lara Mertens y nos encontramos con ellos allí. La fiesta es fuera de la casa y han contratado a un grupo, una barra y unas antorchas enormes que han clavado por todo el fondo del jardín. Lara es agradable. Me da un beso en ambas mejillas, me pregunta si he seguido leyendo historia japonesa y pone los ojos en blanco ante mi respuesta. Cuando Yash habla, lo escucha con atención. Se nota que le gusta. Pero Yash no es él mismo. He notado que, cuando está con otras mujeres, como que se pone una careta. Creía que con Lara la cosa podría ser distinta, pero no es el caso. Como nos encontramos con otros amigos, terminamos separándonos de ellos, hasta que al final Sam acaba diciéndome que deje de mirarlos tanto.

—Es que no estoy segura de si se lo está pasando bien.

—Pues claro que sí. Si está con la diosa.

Me encuentro con un par de compañeros de mi clase de escritura y me quedo charlando un rato con ellos, hasta que veo a Sam pedirle a su amigo Brent un par de cigarros por lo bajo. Me disculpo con mis amigos, me acerco a él y se los saco del bolsillo. Sam intenta quitármelos, pero yo los aferro con fuerza y, en medio de todo el forcejeo, me tira al suelo.

Como es una fiesta algo formal, termino despatarrada con mi vestido de color verde claro. Veo la expresión asqueada de Brent al contemplarme desde arriba, no le da tiempo a disimularla. No me ofrece ayuda, tampoco. Sam sí, pero me niego a aceptarla. Me levanto, me sacudo la tierra de la parte de atrás del vestido y me largo de la fiesta para recorrer andando los tres kilómetros que me separan de mi habitación en la calle Pye.

CAPÍTULO CUATRO

No voy a la graduación. Hago el turno de mañana y el de noche y salgo del High Five a la medianoche. Mis compañeros de piso han montado una fiesta. Me tomo una cerveza en el porche y aguanto sus burlas sobre no haber vivido de verdad en esa casa durante este año. Carson es la única que se nos va. Desde junio tendré que pagar ochenta y ocho dólares al mes para tener la habitación para mí sola, así que les digo que empezarán a verme mucho más. Dejo a Carson y a Jenny besándose en el columpio del porche, lo que me sorprende y hace que sienta la distancia que se ha formado entre las dos. No he pasado suficiente tiempo en casa como para que me lo cuente. Vuelvo a mi habitación y noto que el suelo tiembla por la música y la gente que hay bailando en el salón, donde antes estaba Mavis. Me quedo de pie en la ventana, mirando la calle y la marea de padres y universitarios que bajan la colina desde el campus en dirección al pueblo. Los padres hacen todo lo posible por no parecer padres y algunos hasta van tan borrachos y colocados como sus hijos, pero el cuerpo se les mueve de otro modo. Yo no le habría pedido a mi madre ni a mi padre que vinieran y ellos tampoco se habrían ofrecido, y comprendo que eso de no haber estado con mi familia este fin de semana cuando todos los demás sí me habría sentado muy mal. Dudo que vaya a quedarme para la ceremonia que habrá en diciembre, así que no tendré que lidiar con ello. He hecho bien al decidir no graduarme con el resto de mis compañeros.

Me quedo allí plantada un buen rato. Reconozco a algunos compañeros bajo las farolas: Mark, de mi clase de Psicología de segundo, a Ryanne y a Landry, con quien compartí residencia el año pasado. Entonces veo a Brent y a otro de los amigos de Sam, Cole, junto a Yash, que va un poco por detrás. Llevo sin verlo desde la fiesta. No sé cómo le habrá ido con Lara. Se me ocurre que debería abrir la ventana y llamarlo a gritos, pero al final termino retrocediendo y escondiéndome un poco. ¿Cómo se comportará con otras personas? Cuando no está con Sam, con Ivan o conmigo. Nunca lo he invitado a casa, así que seguro que ni sabe dónde vivo. Va diciendo algo y los otros dos se ríen, y ojalá pudiera oírlo. Cuando llega hasta mi casa, vuelve la vista hacia el porche y luego hacia arriba, a mi ventana. Me quedo totalmente quieta. No sé si podrá verme. Pero él sigue andando.

Carson se marcha con su familia a la mañana siguiente, una caravana de tres coches de vuelta a Brooklyn. Les doy un abrazo a todos en la acera, y a Carson le dedico el más largo. Jenny sale de casa con una tarta de café que acaba de hacer ella misma. Se les saltan las lágrimas, por mucho que me sorprenda, y nos despedimos de todos antes de que yo vuelva a mi habitación. La noto enorme y vacía. Hasta ahora no me había dado cuenta de lo distante que he estado durante nuestro último año. Nos mudamos a finales de agosto, cuando hacía muchísimo calor y nos tumbábamos cada una en su cama con unos cubitos para enfriarnos mientras charlábamos un rato hasta quedarnos dormidas. Empezamos a vivir juntas en nuestro segundo año. Carson sabía todo lo que hay que saber sobre mi familia, no se le escapaba nada incluso sin haber conocido a ninguno. Y estaba enamorada de mi hermano, le daba igual que fuese gay. Una vez me dijo que, si algún día conocía a mi padre, pensaba darle una buena patada en las pelotas. Su familia venía a visitarla dos veces al año. Sus padres la habían tenido cuando estaban en primero de bachillerato y, al enterarse de que su novia estaba embarazada, su padre había entrado en pánico y había salido corriendo hacia Texas. Su madre había dado a luz y le había enviado una foto para que viera a su hija. Menos de una semana después, lo tenía en la puerta de casa, suplicando que lo perdonara. Sus padres los ayudaron con Carson para que ellos pudieran finalizar sus estudios, así que cada uno consiguió trabajo, se compraron una casa y tuvieron cuatro hijos más. Eran bastante más jóvenes que Carson y sus hermanas, y la adoraban. Se bajaban del coche gritando para abalanzarse sobre ella. Los cuatro se quedaron en nuestra habitación, peleándose por ver a quién le tocaba compartir cama con su hermana mayor. En agosto, cuando la trajeron después de las vacaciones, la más pequeña de todos, Meg, me preguntó si podía dormir conmigo. Le hice sitio, me dijo que olía bien (por desgracia, ella desprendía un aroma a regaliz chamuscado) y se quedó dormida nueve segundos después.

Tengo la sensación de que ese agosto fue hace una década. Intento hacer memoria y recordar el año pasado. Tengo recuerdos de nuestras mañanas antes de clase: comíamos nuestros cereales juntas en el porche, en aquellas mañanas cálidas de septiembre. La segunda semana de clase montamos una fiesta con temática de los años setenta y pusimos temazos de Earth, Wind & Fire y Queen a todo trapo. El policía que vino cuando se quejaron los vecinos se sentó con nosotras en el porche y nos contó que su sueño era ser astronauta. Nos fuimos en coche con Joe y Caroline a Hatteras durante un fin de semana. Celebramos Halloween con una fiesta. Y entonces, unos días después de eso, mi radio despertador se encendió en la emisora de la universidad con la noticia de que habían matado a Cyra.

—Conozco a esa chica —dije.

—¿A quién?

—Escucha, escucha —dije subiéndole el volumen.

Carson se difumina después de eso. Todo parece atenuarse un poco. ¿Qué pasó? Fui al entierro. Conocí a Sam. Conocí a Yash. Empezó a hacer frío.

Vuelvo a la cama. Carson y su familia ya deben de haber llegado a la autopista. Son las once y media de la mañana y estoy hecha polvo.

Esa noche vuelvo a casa y me encuentro en el porche una caja llena de cachivaches que dejé en Breach House: unas cuantas camisetas, mi libro *Cosmos*, un cepillo que no es mío. Al fondo hay una nota de la libreta que hay cerca de la puerta, doblada por la mitad.

Lamento que nos hayamos peleado, a veces los dos nos pasamos de cabezotas. Me iré dentro de unas pocas horas y supongo que este es nuestro final. Menudo viajecito el nuestro, ¿eh? El padre de Yash llamó hace poco y me preguntó cómo me iba en el amor. Le hablé de ti y me dijo: «Jordan parece el tipo de chica del que te divorcias». Sé que te lo tomarás a mal, pero me ayudó a comprender que no hacía falta que estuviéramos juntos. No hacía falta que batallara por una falacia polisilogista que yo solito me inventé.

¡No olvides graduarte algún día!

Cura ut valeas,

Sam

Nunca he quemado nada que alguien me haya escrito, pero no dudo ni un segundo en llevar esa nota y hacerla arder en la cocina. Le prendo fuego y la observo retorcerse y ennegrecerse en el fregadero. Abro el grifo para que haga desaparecer los restos por el drenaje.

Aun con todo, las palabras reverberan en mi interior. *Jordan parece el tipo de chica del que te divorcias.* Lo que más me duele es que seguro que es cierto. No sé de ningún matrimonio que haya terminado bien. Mi madre lo pasó fatal y dejó a mi padre para tener una aventura con el líder del coro de la iglesia, que parecía amable, pero se murió antes de que pudieran casarse. Creo que desde entonces no ha tenido ninguna relación con nadie. Mi padre se casó con Ann, una vecina que lo apoyó cuando lo despidieron por ponerse a beber con los jóvenes a los que entrenaba y mostrarles los agujeros que tenía en su oficina desde los que espiaba a las chicas en los vestidores. A Ann la trató peor que a mi madre. Mi hermano me contó hace poco que lo llamó desde el armario, donde se había refugiado para esconderse de él. Quería que le dijera qué podía pasar si llamaba a la policía, porque no quería que se lo llevaran preso.

Así que quizá sí que sea el tipo de chica del que te divorcias.

Al menos Sam ya no está. No sé si Yash piensa volver a Knoxville a pasar el verano. Cuando voy a la biblioteca, me la encuentro vacía: todos esos alumnos de último curso que la llenaban hasta arriba la semana pasada se han ido para no volver. Encuentro *El último otoño*, de Ray Hart, en un ejemplar antiguo del *New Yorker*, le hago una copia y echo a andar hacia Breach House. El coche de Yash sigue aparcado y la luz de su habitación, encendida. Rodeo la casa en silencio, deslizo las páginas tanto como puedo bajo la puerta de la cocina y me marcho.

Dos días después de eso, su coche ya no está. Hay una carretilla llena de tierra en la entrada y un par de arbustos de azalea envueltos en arpillera a un lado. Alguien ha podado el césped y el aroma que desprende es dulce, muy similar al del pasado.

Pido otro préstamo y trabajo unas cuantas noches en Chantal, el restaurante más caro del pueblo. Solo tiene seis mesas y no hay ni un aperitivo que valga menos de quince dólares.

Después de mi primera noche de prueba, vuelvo a casa andando y paso por el edificio residencial en el que viví con Cyra durante tres semanas. Me detengo y reconozco nuestra puerta, en la segunda planta. Me molesta lo poco que recuerdo, lo distraída que debí de haber estado. Quizás fui poco amable. Cyra estaba sola, porque sus amigos de su curso aún no habían vuelto de vacaciones. Nunca tenía nada en la nevera, eso sí que lo recuerdo. Lo único que había era lo que yo me traía a casa del restaurante por las tardes, en unos envases de aluminio con tapas de cartón.

¿Acaso sabía cocinar? ¿Alguna vez le ofrecí alguna de mis sobras? El edificio parece uno de esos moteles baratos, con un balcón que se extiende por cada planta. Hay gente fuera en varios de ellos, celebrando. Seguro que también fue así el verano pasado, pero no lo recuerdo. Debe de haber sido de ese modo que conoció al vecino y a su compañero de piso, por el balcón. Siento que recordarla es trabajo mío. ¿Cómo se las arregló la universidad para que lo sucedido no llegara a los medios? La recuerdo dando saltitos por el salón como un cervatillo.

Me quedo allí un rato antes de volver a casa. En la esquina de la calle Pye hay una lavandería llamada Entre Burbujas. Me detengo al llegar y observo por las ventanas. Es un lugar algo raro, con buena música y una cafetería, mesas tanto dentro como fuera. Las paredes están pintadas de colores psicodélicos y las lavadoras tienen dibujado un animal distinto cada una. Uno mete la ropa en las fauces de un león o de una orca. Me han comentado que conseguir trabajo aquí es complicado. Pagan más del sueldo mínimo y tienes las propinas de la cafetería y las del bote de propinas que hay en la caja registradora, que siempre está a reventar. Dicen las malas lenguas que los dueños son una pareja que vende droga en la caseta que hay en el aparcamiento de atrás.

Cuando entro, el ambiente está tranquilo. Hay dos personas leyendo en un sofá y la dueña, Lorna, está detrás de la caja. No alza la vista, está ocupada agitando un pincel en un vaso lleno de agua verde. Al llegar al mostrador veo lo que está pintando: un centauro sosteniendo una fruta. Es una mujer, con cabello largo, flequillo y pechos.

—Qué bonito —le digo, y de verdad lo pienso.

Alza la vista para mirarme.

—¿Tenéis alguna vacante?

Sostiene el pincel como si fuese a dibujarme la cara.

—Bueno, vale.

Conozco a Claudette en Entre Burbujas. A Claudette le gusta flirtear más que respirar, y es por ella que el bote de las propinas siempre está a reventar. Siempre hay tipos que se quedan en la cafetería mucho después de haber terminado de lavar su ropa. También trabaja en Häagen-Dazs. Voy a buscarla allí cuando termina de trabajar a las once, nos atiborramos de helado, cerramos y nos vamos a Sin Respuesta, un bar exterior con mesas de pícnic y barriles de cerveza que delinean la valla. Con Claudette es imposible no conocer chicos, los que van de acompañante como yo. Bailo con ellos sobre la tierra dura, pero vuelvo sola a casa. Me gusta mi habitación en la calle Pye. Junto las camas y tengo una pila de libros cerca que me gusta leer hasta bien entrada la noche o de madrugada. Empiezo a leer *El Quijote* para el seminario del Dr. Gastrell en otoño. Hago apuntes y escribo un relato corto, tan solo cinco páginas, el primero que escribo que no son deberes para alguna clase. Y me agrada. Es distinto por alguna razón. Me parece mío y solo mío.

En Entre Burbujas hay un calendario de astrología enorme en la pared que hay detrás del mostrador. Dentro de cada casilla hay unas posiciones de planetas de lo más sugestivas, como Venus Húmeda en Acuario o Júpiter Sextil en Escorpio. Paso el calendario de junio hasta llegar al tres de septiembre, un martes. Es el día en que tendré mi primera clase con Yash. Dice que habrá una cuadratura entre Mercurio y Saturno, y eso no me parece nada sensual.

Me quedo pendiente del calendario. Recuerdo el día en que Sam se va a Barcelona. Hasta que ese día llega y él se va del país. Claudette y yo nos vamos a Sin Respuesta esa noche. Es noche de Prince y todo el mundo se sube a las mesas de pícnic cuando ponen *1999*.

A la mañana siguiente encuentro una nota clavada a mi puerta:

Te llamó Yash.

CAPÍTULO CINCO

No puedo devolverle la llamada porque no tengo su número. Dijo que iba a pasar el verano en la granja de su padre, pero no puedo ir y buscar su número en la guía porque ni muerta llamo yo a esa casa. *Jordan es el tipo de chica del que te divorcias.*

La única razón por la que Yash intentaría ponerse en contacto conmigo es si le ha pasado algo a Sam. Como que se haya estrellado su avión, haya tenido un accidente en el tren que recorre Europa o haya habido un incendio en una de las discotecas en las que estaba. Debe de haberle pasado algo horrible.

Estoy en la lavandería cuando vuelve a llamar. Michael, el marido de Lorna, me hace un ademán con el teléfono.

—Es un chico —susurra en voz no muy baja.

Me da un vuelco en el estómago en lo que acepto el teléfono.

—*Jordan* —me saluda, con una ligera risa que me dice que es consciente de lo raro que resulta que me esté llamando tanto.

—Yash. —Me tapo la otra oreja con un dedo para bloquear la música y me preparo para lo peor. No sé qué me va a contar—. ¿Qué ha pasado? —Me noto el pánico en la voz.

—*Bueno, es que…* —Oigo algo que se rompe al otro lado de la línea—. *Joder. Las catástrofes me persiguen. Es que se me*

72

había ocurrido… Más bien estaba pensando si… No encuentro trabajo aquí y quería volver a la uni. Me han avisado sobre un par de habitaciones que tal vez pueda alquilar, pero quería saber si… Solo por una noche o dos, ¿crees que me podría quedar a dormir en el sofá de tu casa?

Noto los pulmones ardiendo, en carne viva. Michael se está zampando un plato enorme de nachos y no me deja de mirar. Cierro los ojos con fuerza.

—Sí, claro que puedes. Tenemos un sofá en casa. Puedes quedarte.

Me pregunta si puede pasarse mañana o si es demasiado pronto y le digo que no hay problema. Entonces me despido porque mi jefe, que va hasta arriba de lo que sea que se ha metido, me está mirando mal.

—No te estaba mirando mal —dice Michael cuando ya he colgado—. Estaba pensando si debería ir a por mi desfibrilador, que parece que lo necesitas.

—Sabes que no va a dormir en el sofá —me dice Claudette más tarde, cuando estoy metiendo como puedo todos los cojines asquerosos del sofá en una de nuestras lavadoras más grandes.

—No tenemos ese tipo de relación.

—¿Tú te has dado cuenta de lo mucho que hablas sobre este chico?

—Es que él no me ve así. E incluso si lo hiciera, no podría pasar nada. Él nunca haría algo así.

—Ya.

Se agacha detrás del mostrador y la oigo rebuscar entre los CD que tiene Michael. Cambia el que está puesto y

Jessie's Girl empieza a sonar por los ocho altavoces del local.

—No, no, no —le digo, pero tira de mí hasta la zona de la puerta, donde hay espacio suficiente y me obliga a bailar con ella.

Al día siguiente, salgo de trabajar por la tarde y subo la colina corriendo. Su coche está aparcado, el viejo Chevrolet Nova rojo de su madre. Lo toco y es real. Yash está aquí.

Subo los escalones del porche muy despacio. Oigo a Bob Dylan a través de la ventana y le veo la parte de atrás de la cabeza. Está apoltronado en el sofá que acabo de limpiar, con Maxwell, uno de mis compis, sentado en el puf. Me quedo escuchando detrás de la mosquitera y los oigo hablar en voz baja sobre *Blonde on Blonde*. Yash lleva una camisa que no le había visto hasta ahora. Tiene una mano apoyada en la rodilla y tamborilea con sus largos dedos. Está en mi casa. Y Bob Dylan canta sobre Johanna.

Entro y él se levanta de un salto.

—Veo que ya has encontrado el sofá.

—Ya he encontrado el sofá, sí.

—¿Todo bien en el camino?

—Todo bien, sí.

No nos saludamos con un abrazo y Maxwell presencia lo incómodos que estamos. No parece que vaya a dejarnos solos.

—Muchas gracias por el favor. —Vuelve la mirada hacia Maxwell—. Solo será una noche o dos.

Maxwell le sonríe.

—Claro. —Él mismo durmió en ese sofá durante tres meses hasta que se liberó una habitación.

—¿Tienes hambre? —me pregunta Yash—. ¿Quieres ir a por algo de cenar?

Me cambio el uniforme por mi vestido de verano favorito, de color celeste con unos botones blancos grandes en el centro. Nunca hemos pasado un verano juntos. Me obligo a no hiperventilar.

Y entonces nos subimos al Nova. Ya me he subido un par de veces, con Ivan de copiloto y Sam y yo detrás. Nos fuimos a una fiesta en el bosque no sé dónde. En otra ocasión, a un restaurante de Raleigh que se especializaba en barbacoa. Pero ahora la que va de copiloto soy yo, Sam está en Europa y Yash se gira para mirarme.

Quiero hablarle de Willie Sylvester, que me invitó a salir durante el recreo, cuando estábamos en sexto de primaria. A mí me gustaba desde tercero. «Creo que estoy soñando», fue lo que le dije en respuesta. Y es así como me siento ahora, haciendo de copiloto en el coche de Yash.

—¿A dónde quieres ir? —me pregunta.

Sugiero ir a Cate's, porque está a unos cuantos kilómetros del pueblo y recuerdo que una vez dijo que allí servían el mejor budín que había probado en la vida. Parece aliviado al tener un destino en mente, meter primera y salir despacio. Como mínimo, el Nova tiene sus buenos quince años. El olor, el material de los asientos, esa textura rugosa que tiene el salpicadero, todo ello me recuerda a mi infancia.

—¿Te criaste con este coche?

Me sonríe.

—Conque puedes oír los chillidos de mi madre, ¿eh? —Pone un acento sureño superintenso—. ¿Sabéis qué opino? ¿Queréis que os diga? Que sois unos vagos inútiles. —Aferra mucho el volante, entorna los ojos para mirarme y se levanta un poco para mirar por el retrovisor—. Los tres. Unos vagos inútiles, sí, señor. —Vuelve la vista a la carretera y hace como que le da una colleja a todos los que van en el coche.

—¿Quiénes eran los otros dos?

—Arlo y Bean, nuestros vecinos de la otra acera. Les gritaba como si fuesen hijos suyos porque siempre andábamos los tres juntos.

Le pregunto si los vio al volver a casa y me cuenta que Arlo se había ido a trabajar a una petrolera en Misisipi y que Bean dejó los estudios para hacer de mánager de un grupo llamado Din A4.

—Me dijo que iban a ser más populares que los de Toto y cuando le dije que no tenía ni idea de quiénes eran esos, se puso como loco. Sigo sin saber quiénes son y nadie ha oído nunca a Din A4, pero Bean dice que en Japón se están haciendo conocidos. Esta cicatriz que tengo en el labio —se inclina hacia mí para mostrarme algo que he visto como cien veces ya— me la hizo porque dije que *Fly Like an Eagle* era una mierda y él me empujó de la silla en clase y me lo partí con el diente de delante. Joder, ya hemos llegado. —Se mete en un camino de tierra.

Cate's es una especie de hacienda rural y tiene todas las luces encendidas. Yash apaga el motor, se vuelve hacia mí como si no tuviese intención alguna de bajar del coche y me pregunta:

—¿Y tú qué clase de vecinos tenías?

Le hablo de la señora Kane, de su voz susurrada, de su perro blanco y peludito y de que escribía libros que mi madre no me dejaba leer por nada del mundo.

—Lo intenté de todos modos, pero no los tenían en la biblioteca del pueblo.

—Vamos a tener que buscarlos, entonces.

—Yo creo que sí. —Me vuelvo hacia él un segundo, pero no tardo en apartar la mirada. Me aterra que vea lo contenta que estoy.

Subimos los escalones de la hacienda y es como si estuviera en una cita, como si fuese algo que hemos hecho muchas veces con otras personas durante todos estos años, pero nunca entre nosotros. No decimos nada hasta que la azafata nos pregunta si solo somos dos. La seguimos hasta una mesa en un rinconcito del porche trasero que da a un jardín lleno de flores. Acaban de regar las plantas, por lo que el ambiente está húmedo, denso con el aroma de las rosas y el phlox de jardín bajo nuestros pies.

Una camarera se nos acerca con una jarra de té. Se saca una caja de cerillas del delantal y enciende la velita que hay en el candelabro de cristal del centro de la mesa. Somos los únicos universitarios del restaurante. Todos los clientes y hasta la propia camarera nos sacan varias décadas. No nos va a ver ni a interrumpir ningún conocido de Sam. Estamos solo los dos, lo tengo para mí solita. Lo miro de reojo mientras estudia la carta, con su espesa melena cayéndole sobre la frente como le gusta y la cicatriz que tiene en el labio. Nunca podré estar con él, eso lo tengo claro. No sé qué le habrá contado Sam sobre nosotros, pero incluso si cree que hemos roto esta vez para siempre, sé que no se atreverá a cruzar ese límite. No estaría aquí conmigo si se sintiera tentado a hacerlo. Podría haberse quedado a pasar un par de noches con muchísimas otras personas. Una vez que lo proceso, consigo relajarme. No es una cita.

La camarera anota lo que queremos beber y nos deja solos en nuestro rinconcito del porche. Intercambiamos una mirada y nos reímos.

Empiezo a preguntarle qué es lo que ha pasado para que volviera a la uni y él, inclinándose hacia mí, habla a la vez que yo.

—Fui yo quien hizo que Sam se fijara en ti, ¿sabes?

—Creía que había sido cuando el profesor leyó la payasada que escribí para mi ensayo de Francis Bacon.

—No se suponía que fuese una payasada. Teníamos que hacer un ensayo de imitación contemporánea. Tú decidiste hacer una parodia.

—No pude evitarlo.

—Fue graciosísimo.

Me llevo todo el mérito. No digo que fue el profesor quien se encargó de hacerlo gracioso con su representación.

—Nunca se me ocurre escribir payasadas. Siempre me pongo muy dramático.

—Pero si ser gracioso es lo tuyo.

—Qué dices. —Abre muchísimo los ojos en ademán sorprendido y ambos nos reímos.

—¿No fue por eso que Sam se fijó en mí, entonces?

—No, fue un poco antes. Y fui yo quien se fijó en ti primero.

Bajo la vista a la carta, porque me preocupa que el sonrojo me haga sudar. Bebo un sorbito de mi té helado y luego soplo hacia el vaso, para que el aire que me llega a la cara me la enfríe.

La camarera vuelve con nuestras cervezas y nos toma la comanda. Le paso la carta de papel en un movimiento rápido, con la esperanza de que Yash no vea que me tiemblan las manos.

—Cuéntame qué ha pasado contigo.

Yash menea la cabeza. No quiere hablar del tema.

—Creía que ibas a trabajar con tu tío en el periódico.

Su tío Percy trabaja para el *Knoxville News Sentinel*. Una vez me contó que era como George Willard, el protagonista de *Winesburg, Ohio*, un periodista que soñaba a lo grande, pero que se había quedado atascado en su pueblo para siempre. Solo que cuando Yash se lo comentó y le prestó el libro, su tío le dijo que no sabía de lo que hablaba.

—Ya, es que al final no pude. No podía quedarme allí.

No imaginaba que la historia iba a ser tan corta.

Me cuenta que Ivan le escribió desde Dublín.

—Lo primero que me dijo fue: «He seducido a la hija de mi casero».

—Y le fue estupendamente, ¿a que sí?

—Exacto. Ahora está de camino a Polonia, llegará a tiempo para las votaciones.

Mis compañeros de piso tienen opiniones divididas en cuanto a las elecciones en Polonia. Los sondeos indican que los de Solidaridad van a ganarles a los comunistas y quizás hasta abandonen el Bloque del Este.

—Mis compis marxistas no están nada contentos —le cuento.

—Los marxistas nunca están contentos. No les bastan las purgas ni las fosas comunes, siempre quieren más.

—Los de Hungría podrían ser los siguientes. ¿Crees que todo podría terminar colapsando?

—¿Y que caiga el Muro de Berlín y todos vivan felices y coman perdices, incluidos los marxistas?

—Más felices, al menos.

—Puede ser, al menos por un tiempo. Hasta que aparezca otro poder que les haga la vida imposible de nuevo.

La verdad es que como especie no estamos mejorando mucho que digamos.

—Claro que sí.

Se ríe.

—Que no.

—¿Cómo vas a decir eso? La literatura entera depende de la promesa de que cambiemos, de que maduremos y tengamos epifanías que nos vuelvan mejores, que nos ayuden a comprender nuestros defectos.

—Es que ya es demasiado tarde. ¿Lo habías notado? Siempre pasa lo mismo. Mira a Edipo, a Macbeth, a Raskólnikov.

—Puede que para ellos, pero no para nosotros. Sí que hemos mejorado a nivel ético. Moral.

—No lo creo. Los humanos no cambian. —Lo piensa de verdad.

Así que insisto en lo contrario y le doy los ejemplos más obvios, como el auge de la democracia, la abolición de la esclavitud, que cada vez haya más tolerancia con las religiones, que las mujeres tengamos derechos.

Él contraataca recordándome la existencia de Hiroshima y Nagasaki, el Gulag y la guerra de Vietnam. El que haya habido más muertos en este siglo producto de las guerras y de los propios gobiernos que en todos los siglos anteriores. Si matar a una persona es una forma de medir nuestros valores, Yash cree que estamos condenados. Yo contraargumento con que es la tecnología de la guerra lo que ha cambiado y que la mayoría de las personas cree en la justicia y en la libertad, y que quizás estas guerras sean más éticas que las que se libraban en el pasado, solo por lucrar y hacerse con más tierras.

—¿Y no crees que estas guerras son por dinero? Sí, las normas sociales y las modas pasajeras hacen que progresemos un poco por aquí o por allá, pero eso no implica que los valores de la humanidad hayan cambiado. Seguimos siendo los mismos de siempre y así perduraremos hasta que nos extingamos dentro de no mucho tiempo. Creer lo contrario es una especie de cuento de hadas para ayudarte a dormir.

—Creo que no podría vivir sin creer que estamos progresando como especie a nivel moral.

—Y yo no puedo creerme esas mentiras. Hay muchísima belleza para acompañar todo el miedo y los pesares. O, como dijo Aristóteles, en todo lo que nos rodea. Siempre hemos sido así.

—Entonces, ¿para ti la vida es una tragedia?

—Pues claro. Una tragedia muy absurda. Y la absurdidad es tanta como la desesperación.

—¿Y no hay lugar para la esperanza?

—No mucho, no.

—Pues no me gustaría vivir sin esperanzas, la verdad.

—A mí sí, se está bien.

Nos percatamos de que la camarera está haciendo tiempo cerca del umbral con la carta de los postres.

—No quería interrumpiros —nos dice al acercarse.

—Es nuestra primera discusión —dice Yash, contemplando las opciones de postre—. Hablábamos sobre si los humanos como especie están progresando o no.

—¿En serio? A ver, dejad que adivine quién es la eterna optimista, la Pollyanna de la relación. —Entonces me señala.

Alzo la mano para confirmar que tiene razón.

—De esas no hay muchas, cielo. No la dejes escapar —le dice a Yash, dándole una palmadita en el hombro antes de alejarse.

Nos ponemos a examinar los postres.

Si hubiese tenido esta conversación con Sam, él habría pedido la cuenta y no me habría dirigido la palabra en todo el camino de vuelta. Yash, por su parte, alza la vista, me sonríe y me pregunta si me gusta el budín.

Cuando volvemos al Nova, me pregunta:

—¿Y ahora a dónde, Pollyanna?

No quiero volver a casa aún. No quiero que esta noche acabe. Porque, cuando acabe, se buscará un trabajo y un piso y quizá no vuelva a verlo hasta el dos de septiembre.

—¿Al Sin Respuesta?

Eso lo sorprende, pero me sonríe y arranca el coche. Salimos hacia la carretera que nos llevará al pueblo. Conduce muy muy lento. Cuando llegamos a paso de tortuga a un cruce en el que no hay nadie, frena del todo y se para. Varios segundos.

—Vale, Don Precauciones —le digo—. Creo que ya podemos seguir.

Yash se ríe por lo bajo. Le gusta que lo molesten un poco.

Aparcamos y recorremos andando el callejón que nos llevará hasta la parte de atrás del bar. La música suena a todo volumen. Es *Welcome to the Working Week*, de Elvis Costello.

—No venía desde mi primer semestre.

—Que empiece oficialmente la despedida a nuestra juventud —anuncio.

Él deja de andar y se vuelve hacia mí.

—Esa historia… —empieza, pero no puedo oír el resto porque Claudette me llama a gritos y se acerca corriendo, derramando la cerveza que tiene en su vaso enorme.

—¡Yash! Eres Yash! —dice y yo me echo hacia atrás de modo que él no me vea, pero tenga vía libre para fulminarla con la mirada y pedirle que no se pase.

Claudette me dedica una sonrisita malvada antes de darnos un abrazo a los dos y decirle, a voz en grito y directo a la oreja, que los cojines del sofá están bien pero bien limpitos.

—Venid, venid —nos pide, tomándonos de la mano y guiándonos hacia su grupito que está cerca de la valla.

—Eh, qué tal —me saluda un tipo llamado Billy cuando pasamos por su mesa.

—Hoy nos toca bailar Guns N' Roses —me dice otro, un tal Cody, señalándome.

Todos los compinches se han reunido.

A Yash le hace gracia.

—Pero mira a la Señorita Popularidad, es obvio que no te has quedado en casa llorando por los rincones. ¿Quieres una cerveza?

Se va a hacer cola frente a uno de los barriles de cerveza. Claudette tira de mí y me hace sentarme en uno de los bancos de las mesas de pícnic, junto a ella.

—Ese chico está enamorado de ti.

No le creo nada, pero me derrito entera al escucharla de todos modos.

—Ah, más quisiera yo.

—En serio te lo digo. Es muy obvio.

—Entre nosotros no…

—Ya, ya. Que entre vosotros no va a pasar nada porque es un tipo legal y blablablá. Pero sigue siendo humano. Solo necesita que le des una señal.

Apoyo la cabeza en la mesa.

—No soy buena dando señales.

—Ya, es lo que te hace ser tan mona. Pero en este caso vas a tener que darle alguna.

Muevo la cabeza de un lado para otro sobre la mesa.

—Una pequeñita.

—¿Qué pasa? —pregunta Yash, que ya ha vuelto con tres cervezas en la mano que parecen a punto de caerse.

Me pongo recta.

Él se acomoda como puede a mi otro lado y casi no queda sitio entre nosotros. Estamos muy juntos. Nos rozamos por un lado y puedo notar que intenta no apretarse demasiado contra mí. Es mucho más interesante que yo. ¿Cómo demonios le voy a dar una señal cuando casi ni puedo respirar? Y beberme otra cerveza no va a ayudar precisamente. A diferencia del resto de la humanidad, yo con el alcohol me pongo más cohibida. Me apoyo el plástico frío del vaso contra la mejilla.

—¿Ya habías venido a este bar en verano? —me pregunta.

Niego con la cabeza.

Un tipo llamado Buck y dos Sean se pelean para llamar la atención de Claudette, pero ella se inclina para hablar por encima de mí y atiborra a Yash a preguntas como por qué ha vuelto de Knoxville, dónde va a buscar trabajo y quién viene de India, si su padre o su madre. Sus preguntas dejan al descubierto lo mucho que he hablado sobre él con ella. Por suerte, Buck nos interrumpe para proponer un juego que implica apoyar uno, dos o tres dedos en el borde de la mesa. Fijo que deben de haberlo estado jugando antes, porque todos entienden cómo jugar menos Yash y yo. Uno de los Sean nos explica las reglas a gritos, pero todo es muy absurdo.

—Uno, dos, tres, ¡disparad! —dice Buck.

Hay que poner los dedos en la mesa. Yash y yo apoyamos dos.

Buck examina los dedos de todos.

—¡Crac, crac! —nos dice a Yash y a mí, antes de darnos un golpe en los dedos con todo el puño.

El golpe duele y nos hace reír. Jugamos varias rondas más. Da igual lo que hagamos porque siempre nos da con el puño, pero nos entra la risa y nos da igual.

Entonces empieza a sonar *Africa*.

—¡Es Toto! —le digo a Yash a gritos, y todos nos levantamos para bailar.

Es un bailarín muy guapo. No lo sabía. Por cómo mueve las caderas, me da la impresión de que aún es un chico y no puedo dejar de mirarlo. Parece contento, así con el cabello suelto y esa sonrisa de oreja a oreja.

—Es la canción más absurda que he escuchado en la vida —dice.

—Que le des una señal —me recuerda Claudette, y yo niego con la cabeza.

—¿Qué te ha dicho? —me pregunta Yash.

—No la he oído bien.

No me cree, pero eso no hace que deje de sonreír.

Bailamos al ritmo de Madonna y Roxy Music. Uno de los Sean le da la mano a Claudette y tira de ella para bailar pegados, como si fuese una canción lenta. Le dice algo al oído que la hace reír un buen rato y con eso sé que ese es el Sean que le gusta.

Brent y Cole se acercan por el callejón. Llevaba sin verlos desde la fiesta aquella.

Yash los ve venir y me acerca los labios a la oreja.

—¿Nos vamos ya?

La casa de la calle Pye está a oscuras cuando aparcamos y yo no quiero entrar. No voy a poder dormir sabiendo que él está en la planta de abajo, en el sofá.

Subimos los escalones del porche.

—No supe qué hacer después de la fiesta —confiesa.

—¿Qué podías hacer?

—Es que no sabía qué había pasado —me dice, llegando al escalón de arriba y sentándose.

Lo imito, aunque no me siento tan cerca como me gustaría. El sentarme tan cerca habría sido una buena señal.

—Estabas dentro, con Lara.

—Cuando salimos ya te habías ido.

—Quería entrar, pero Sam me dijo que te dejara en paz. Y luego… Da igual. Lo que más pena me da es que no llegué a enterarme de cómo te fue con Lara. —Entonces caigo en que lo de Lara quizá no haya terminado. Que igual ha vuelto por ella.

—No era mi tipo.

—¿En serio? —El alivio que me invade es instantáneo. Me hace levitar—. ¿Después de todo lo que te costó invitarla a salir?

—Aun con todo. Y no sabía qué hacer cuando te fuiste. Me cabreé mucho con Sam por no haber ido a buscarte, por no haberse disculpado. Y nunca lo hizo, ¿verdad?

—No.

—Se arrepintió, sé que sí. Pero no pudo obligarse a disculparse.

—Estaba cabreado por muchas cosas, no solo por lo de los cigarros.

—Lo sé.

Soy yo quien no sabe a qué se refiere, lo que quiere decir con eso.

—Me escribió una nota, aunque seguro que ya lo sabes.

—No lo sabía, no.

—No fue para pedirme disculpas. Más bien para mandarme a tomar por culo.

—Lo siento mucho.

—No pasa nada. No era mi tipo.

—Eso podría habértelo dicho yo el año pasado.

—Ojalá lo hubieses hecho.

—Sí que me enteré de la primera nota que te escribió.

—¿Ah, sí?

—Puede que lo haya ayudado un poquitín con esa. Con el final.

—¿Corazón el Enamorado?

Me sonríe.

Joder.

—Eso fue lo único que me gustó —confieso—. Se te dio bien hacer de titiritero.

—No era lo que pretendía.

—También conseguiste salvar nuestra primera cita. «¿Cómo ha ido la cita con la florecilla?» —lo imito en voz alta.

Yash se echa a reír.

—No imaginé que fuese a llevarte a casa después de hacerte ver *El cazador*.

—Tres horas de ruleta rusa, madre mía. —Me llevo un dedo a la sien como si fuese una pistola y me disparo—. *Clic*.

—Mira que le dije que no era una buena idea.

—Nunca me había sentido así. Sé que es tu mejor amigo y no le deseo el mal, pero en serio te lo digo, espero no volver a verlo en la vida.

—¿Eso quiere decir que lo habéis dejado?

Me echo a reír y él se encoge de hombros.

—No estaba seguro, las cosas estaban un poco tensas antes de que se fuera. Estaba muy raro. Entonces se marchó y quería ir a verte, pero no sabía si tú querrías eso o si ibas a pensar que Sam me había mandado, que estaba haciendo lo que me pedía o algo. Llegué a pensar que no iba a tener ni un amigo cuando empezara el próximo semestre. Pero entonces, la misma mañana en que me fui por las vacaciones, encontré el relato en la puerta de atrás.

—Y te gustó.

—Todo lo contrario.

—¿Qué dices?

—Me pareció sensiblero, pretencioso. Insustancial.

—¿Insustancial?

—¿No se supone que al escribir uno tiene que lanzarse al vacío? ¿A quién le importa una historia sobre pasarse la universidad drogado?

—Pero esa parte en el final cuando están ahí y…

—Ya, ya, lo del botón. No me convenció.

—Fue un momento precioso, muy tierno. Todo el relato va sobre esa sensación, ese dolor, eso que prácticamente te cala en los huesos. El protagonista me recuerda a ti, de hecho.

—¿A mí? ¿Ese perdedor? ¿En qué sentido?

Porque podría decir que me enamoró un poquitín. Porque me conmueve. Pero no se me ocurre qué decirle que sea cierto y que pueda confesar ante él.

—Si llego a escribir algo decente alguna vez —empieza—, espero que sea muchísimo mejor que eso. —Se pone de pie—. Espera, te he traído algo. —Baja deprisa las escaleras, con esa camisa que no le había visto antes, sus brazos delgaduchos y sus codos oscuros. Saca algo del asiento trasero del coche de su madre y, al volver, me entrega un libro—. Perdona, no pretendía llegar con las manos vacías.

Es un libro de tapa blanda, negro y dorado. *Hambre*, de Knut Hamsun.

—Va sobre lo que implica ser un escritor, sin importar las consecuencias.

—Gracias. —Quiero llevármelo al pecho y abrazarlo, pero me conformo con leer la contraportada. O fingir que lo hago. La verdad es que las palabras me bailan frente a los ojos.

—Antes estaba muy nervioso, así que se me ha olvidado dártelo. Pero creo que te va a gustar.

—¿Por qué estabas nervioso?

—No estaba seguro de si de verdad querías que viniera. Creía que solo estabas siendo amable por teléfono.

—Ah, espera a que tengas que dormir en ese sofá tan incómodo. Ya no te pareceré tan amable entonces.

—También me preocupaba que pensaras que era una cita. Lo de esta noche. En el restaurante.

Me echo a reír.

—Sí que parecía una cita, ¿no?

—Es que te has puesto vestido y todo.

—Eso he hecho, sí.

—Y a la camarera también se lo ha parecido. Me ha dicho que no te dejara escapar.

Me encanta que estemos recordando la velada y ni siquiera haya acabado aún. Sin embargo, por alguna razón termino soltando:

—Tu padre dijo que yo era del tipo de chica del que te divorcias.

Y me arrepiento en el acto de haberlo hecho.

—Mi padre es un imbécil, Jordan. Fue por eso que no pude seguir allí. No quería que trabajara para mi tío, no quería que quedase con mi amigo EJ. Tampoco quería que viera a mi madre ni que jugara al tenis. Cuando se le antoja soy un *hippie* vago y luego me sale con que soy un pretencioso. Sea como fuere, tiene clarísimo que soy un imbécil estadounidense más, que es básicamente lo que piensa de todo el mundo que no sea él. Soy igual a mi madre, tan inútil como un mendigo en Calcuta. Es lo que dice siempre. Tiene estas frases manidas que le gusta repetir hasta el hartazgo y una de esas es que todas las mujeres son del tipo del que te divorcias. Lamento mucho que hayas tenido que enterarte de algo así.

Me arrepiento de habérselo contado. Me urge cambiar de tema.

—¿Alguna vez has invitado a alguna chica a tu casa?

—Jamás.

—¿Ni siquiera a Megan? —Sé que ella fue su novia en el instituto.

—No. Solo la conocía mi madre.

Me cuenta una anécdota de una vez que Megan casi incendió la casa con su rizador y yo le cuento la hecatombe del vestíbulo en casa de los padres de Sam, y adiós incomodidad.

Entramos en casa y le muestro la cocina. No hay la cantidad de platos sucios que suele haber en el fregadero y temo que eso le dé una impresión que no es.

—Solo tenemos un baño y está en la planta de arriba.

Me sigue por las escaleras, a oscuras y con su neceser de aseo personal.

—Está hecho un asco —confieso, y cuando llegamos a la puerta, le digo que puede ir él primero.

—Bueno. Que descanses.

—Tú también.

Me doy la vuelta y avanzo hacia mi habitación, pero no consigo obligarme a cerrar la puerta del todo. Oigo la puerta del baño cerrarse, y yo me quedo ahí plantada. Me quito la ropa interior y la lanzo al cesto de la ropa sucia. La tengo empapada. Hay algo que quiero con todo mi ser, lo único que no puedo tener. El reloj de la radio marca las 3:33; he tenido nueve horas con él. ¿Por qué no me basta? Hace nueve horas estábamos hablando sobre Arlo y Bean y la señora Kane. Recuerdo algo que me hace reír.

Yash se asoma por la puerta.

—¿De qué te ríes? —me pregunta en un susurro.

Me acerco para contestarle en voz baja.

—Me acabo de acordar de una vez en Halloween cuando llamamos a la puerta de la señora Kane y no tenía ni idea de qué día era, así que nos dio a todos caramelitos de esos para la tos, unos que tenía olvidados en el bolso.

Yash me besa.

—Perdona —dice, pero vuelve a besarme—. Lo lamento mucho. De verdad quiero que me cuentes lo de la señora Kane, en serio. —Me hace retroceder unos pasos, de vuelta a mi habitación. Seguimos besándonos—. Joder, me moría por hacer esto. No tienes ni idea desde hace cuánto. —Nos besamos un buen rato, hasta que él alza la mirada y ve más allá de mi hombro—. Es más cama que habitación. —Vuelve a mirarme—. ¿He metido mucho la pata? Deberías mandarme al sofá de una vez.

Niego con la cabeza.

Alza las manos hasta posármelas en la parte de arriba del vestido.

—Llevo toda la noche pensando en hacer esto —dice, en lo que me desabrocha el primer botón y alza la vista hacia mí.

Asiento, pero antes de que pueda desabrochar el siguiente, me quito el vestido por encima de la cabeza y lo lanzo a un rincón. No llevo nada debajo.

Yash me besa, entre risas.

—No me has dejado hacer eso de desabrocharte todos los botones, se supone que es muy sexi.

—Claudette me dijo que te diera una señal.

—Esta es una buena señal. La mejor de todas.

Nos deshacemos de su ropa también, y nos quedamos los dos de pie, mirándonos con una sonrisa de oreja a oreja.

Los sentimientos me asaltan de improviso.

Ay.

Es amor.

CAPÍTULO SEIS

Al final, Yash no se busca habitación. Compramos sábanas enormes para las camas que hemos juntado y yo vuelvo a casa corriendo por las noches, después de trabajar, para encontrármelo en la cama. Hace mucho calor por las noches, así que dormimos sin ropa y sin taparnos, bien cerca del otro, por mucho que parezca que nos hierve la piel. Consiguió trabajo como pinche de cocina en un restaurante cerca del High Five y, si nuestros descansos coinciden, quedamos en la parte trasera de los edificios para besarnos.

Por mi cumpleaños, en julio, me lleva el desayuno a la cama: huevos revueltos, salchichas y una galletita adornada con una fruta, como las del restaurante en el que trabaja. Mi madre me ha enviado un regalo que abro después del desayuno. Es un albornoz delgado y de algodón. Me lo pongo, pero no tardo nada en quitármelo. Yash se me pone encima y lo noto dentro y nos movemos a la vez. Lo observo, veo cómo se le va sonrojando la cara, cómo va perdiendo el control de su expresión. Él baja la vista y me atrapa mirándolo.

—Te quiero —confiesa, como si le doliera—. Sé que es muy pronto para decirlo, pero es así. Te quiero muchísimo.

Follar no es lo único que hacemos. Nos leemos la *Eneida* el uno al otro, en voz alta. Leemos a Yeats y a Auden. Leemos a Proust en francés porque ambos lo estudiamos en el instituto y hablamos sobre mudarnos a París. Pero leer a Proust en su idioma original es complicado, y ya lo leeremos en inglés para el seminario de Gastrell cuando empiecen las clases, así que pasamos a leer a Camus en francés. También nos inventamos una versión de Sir Hincomb Funnibuster solo para dos jugadores, como Honeymoon Bridge, una forma simplificada que me explica él y que yo no conocía. Lo llamamos Honeymoon Hincomb. Y luego nos empezamos a llamar Hincomb entre nosotros. Luego Hinkie. Y, al final, Hink.

A principios de agosto necesito que me extraigan las muelas del juicio. Las tengo muy impactadas, así que el dentista tiene que partir las cuatro para poder sacarlas a trocitos. Como escogí que solo me pusieran anestesia local, estoy despierta durante todo el proceso. Al terminar, la boca me duele y me sangra, pero me da igual porque Yash, después de ir a ver a Claudette en Häagen-Dazs, vuelve bailando con una tarrina de helado en cada mano y canta «Sorbete de fresa» al ritmo de *Raspberry Beret*.

Ivan vuelve de Irlanda y se queda unos días con Brent. Antes de que llegue, Yash lleva su mochila y sus libros de vuelta al salón.

—El sofá cama de Brent es muchísimo mejor que este —le dice Ivan a Yash cuando se sienta.

—Solo serán unas pocas semanas más. —Porque ya ha encontrado una habitación que alquilar durante el año académico.

Vamos a un bar. Yash y yo nos sentamos en el mismo lado del reservado, rozándonos con las rodillas bajo la mesa.

Ivan nos cuenta sobre el Bloomsday que pasó en Dublín y que conoció al sobrino nieto de James Joyce en una barbería de Mary Street.

—En una barbería. Como Buck Mulligan afeitándose en el tejado. En serio, fue toda una experiencia. ¿Qué? ¿Qué pasa? Hoy todo es risas con vosotros dos.

Entonces nos habla de la hija de su casero, de la hermana del barquero y de una chica francesa muy guapa que le dijo, con un acento muy sexi, que tenían que darse la mano mientras el avión despegaba si no querían que se estrellara.

—Es la mejor frase para ligar de la vida. Pienso usarla a partir de ahora. —Solo que, una vez en el aire, lo soltó y se negó a dirigirle la palabra durante el resto del vuelo.

Le hace gracia que nos haga reír tanto con todo lo que nos cuenta.

—Sea lo que fuere que os hayáis tomado, dadme un poco —añade, lo que solo hace que nos carcajeemos más.

»Sam debería volver pronto, ¿no? —me dice Ivan.

—Ni idea.

—¿No habéis hablado?

—Lo dejamos antes de que se fuera.

—No sería la primera vez que pasa.

—Esta vez, para siempre. Fue mutuo. *C'est fini.*

Yash presiona su pierna contra la mía.

—*Ça suffit?* —inquiero.

—Ajá. Ya lo hemos entendido, Hink —dice y ambos nos quedamos de piedra.

—¿Hink? Qué raros os habéis puesto —comenta Ivan.

La noche siguiente Yash sale solo con él mientras yo estoy trabajando. Vuelve después que yo y se deja caer en la cama.

—No se ha enterado de nada. Te juro que no tenía ni idea. Puede que nos resulte más fácil de lo que pensaba.

—¿Ocultarlo para siempre, dices?

—No para siempre. Solo quiero ser yo quien se lo cuente a Sam.

Una semana antes de empezar las clases, se muda a su habitación en la calle MacDougal. Es más grande que la mía, el baño está más limpio y tiene aire acondicionado. Es como quedarse en un hotel. Así que duermo varias noches seguidas allí.

Una mañana temprano suena el teléfono de la cocina y uno de los chicos con los que vive llama a la puerta.

—Ni se te ocurra moverte —me dice Yash, porque hemos estado tonteando.

Cuando vuelve, está tan pálido que creo que me va a decir que su padre ha muerto.

—Sam vendrá a pasar el fin de semana.

No dejamos ni rastro de mí en su habitación. Yash pide prestado un colchón y lo ayudo a ponerle las sábanas. Esa noche dormimos en habitaciones separadas porque Sam llegará temprano a la mañana siguiente.

Me toca trabajar al mediodía en el High Five y por la noche en Entre Burbujas. Me sobresalto cada vez que suena el teléfono, con la esperanza de recibir noticias. Yash tenía pensado contárselo de inmediato, para quitárselo de encima. Para las nueve, aún no me ha dicho nada. Claudette quiere que salgamos, pero no puedo arriesgarme a cruzármelos, así que vuelvo a casa. Yash está esperándome en mi habitación, sentado muy tenso en la cama.

Cuando me ve, niega con la cabeza.

—¿Qué ha pasado?

—Ha llegado y le he mostrado mi habitación. Luego hemos salido a comer. Como sabía que estabas en el High Five, lo he llevado a otro sitio, más lejos. Y ha sido horrible. Incluso antes de decir nada, ya iba todo mal. Tenía la sensación de que ya lo sabía. Pero mientras comíamos me ha hablado de una chica que había conocido en Berlín y luego de ti y de que el que lo hayáis dejado había sido lo mejor. Y mientras yo pensaba: *No pasa nada, todo irá bien*. —Se ríe—. *Se lo diré y todo irá bien*. Pero no consigo obligarme a hacerlo. Vamos a visitar a Cole y nos tomamos unas cervezas con él y ese tipo de Pike, Lonnie, y ambos se sorprenden un montón al saber que llevo aquí todo el verano y que no me han visto ni una vez por ahí ni de fiesta y, en lo que estamos charlando, Sam me pregunta si me he echado novia. Y pues ahí ya estoy convencido de que lo sabe, porque tal vez Ivan le dijo algo o no sé. Joder, no sé, la cosa es que se lo suelto.

—¿Qué le has soltado?

—Que estaba pensando en invitarte a salir.

—¡¿Cómo que en invitarme a salir?!

Hunde el rostro entre las manos.

—No me he atrevido a más. Y se ha puesto como loco. Me ha dicho que no podía hacer algo así, que sería algo reprobable, imperdonable. Ha querido hacerme jurar que nunca haría algo así. Y no he podido. Así que ahora no tengo ni idea de dónde estará.

—Quizás haya vuelto a su casa, en Atlanta.

—No, no se ha ido. No me va a dejar escapar así como así.

—Vas a tener que contarle la verdad.

—Lo sé.

Lo acompaño abajo y le doy un abrazo en la puerta. Lo observo subir despacio la colina que lo llevará hasta la calle MacDougal.

Tengo la casa para mí sola, porque todo el mundo ha salido. Ya sabía yo que Sam se iba a poner así. Yash lo perderá si me escoge a mí. O yo lo perderé a él si escoge a Sam.

Estoy en el baño cuando oigo que alguien llama a la puerta.

—Jordan —exclama Sam.

Debe de haber seguido a Yash hasta aquí. Joder. Avanzo despacio hasta mi habitación. Tengo la luz encendida y la ventana abierta. Me siento en el suelo para que no pueda verme, pero él sigue llamando. La puerta está sin cerrojo. En lugar de entrar, lo que hace es rodear la casa por el porche.

—Jordan.

Debe de haberse plantado bajo mi ventana.

—Lo único que quiero es hablar contigo.

Pasa un buen rato antes de que se vaya.

No sé nada más de Yash durante el resto del fin de semana. El domingo por la noche viene a Entre Burbujas con su ropa sucia. Después de meterla en la lavadora, se sienta un rato conmigo en el patio. Se saca del bolsillo un muñequito hecho de cristal azul y me lo da. Es un delfín, con la columna arqueada, a punto de dar un salto que lo llevará a la superficie.

—Lo vi y me recordó a ti.

—No sabía que te gustaba regalar baratijas.

—Ha sido horrendo.

—¿Tan mal ha ido?

Asiente.

—Se lo he contado. Que ya estábamos saliendo. Y ha sido horrible, estaba cabreadísimo. Y no lo juzgo.

—¿Cómo que no lo juzgas? ¿Cuándo se supone que dejará de tener derecho sobre mí? ¿Cuándo se le acaba la garantía?

Deja caer más la cabeza, de modo que ya no puedo verle la cara.

—No sé qué hacer.

Se levanta, vuelve a la cafetería para salir por la puerta principal y se marcha, con lo que deja su ropa olvidada en la lavadora. Cuando acaba mi turno, me rehúso a sacarla.

Al llegar a casa, me encuentro la puerta de mi habitación cerrada y una nota clavada en ella.

Estoy en tu cama. Despiértame para poder disculparme toda la noche.

Corazón el Enamorado (pero el de verdad)

CAPÍTULO SIETE

Empiezan las clases. A diferencia de lo que dice la guía docente, el seminario del Dr. Gastrell no es en la sala 1B del Tate Hall, sino en su casa. Cada miércoles por la noche, Yash y yo caminamos juntos hacia Breach House, abrimos la valla, subimos el caminito y llamamos al timbre que yo asocio con que ya ha llegado la pizza. Pasamos por el pasillo con la mesita tambaleante y la libreta y las siluetas de las paredes. Yash y yo nos sentamos juntos en el sofá de rayas y un estudiante de posgrado llamado Vinga se sienta a mi otro lado. Randy, un alumno de tercero muy halagador, ocupa una butaca, y Ned, siempre estresado, se sienta en la otra, con sus largas e inquietas piernas estiradas bajo la mesita de centro. El resto trae sillas del comedor. El Dr. Gastrell ocupa el lugar en el que Yash se plantó para representarnos su cita. A Gastrell le gusta leer en voz alta. Cuando leemos la *Eneida,* se detiene en un verso y vuelve a leerlo:

—«Quizás algún día recordemos con gusto incluso estas adversidades».

Tampoco es que disimule lo encandilado que lo tiene Yash. Es como si su presencia lo iluminara. Cuando habla, Gastrell parece brillar de energía. Les gusta debatir sobre la teoría de las ideas de Platón, sobre la ontología de Aristóteles y los presagios de Homero en contraposición con la capacidad de decisión de los humanos. Gastrell intenta un par de veces incluirnos a los demás, y varios de ellos se esfuerzan por llamar su atención, pero el debate de verdad se produce entre Yash y él, mientras que el resto escuchamos y tomamos nota. Su disputa más acalorada se produce por la definición de *hamartia*, que según Gastrell es un defecto letal. Yash lo corrige con el argumento de que la palabra en griego antiguo, como la pretendía usar Aristóteles, solo era un error de juicio cualquiera. Y de ahí la cosa se sale de madre muy rápido. Gastrell afirma que nada en el teatro de la antigua Grecia es aleatorio y que las obras en sí no habrían sobrevivido sin aquella ironía tan trágica que inventaron. Yash asegura que su poder y su sobrecogimiento provienen de su propia aleatoriedad, de que cualquiera de nosotros, y no solo un rey bondadoso con un defecto escogido a dedo, es capaz de cometer errores. Que todos somos vulnerables a la tragedia por el simple hecho de ser humanos.

La discusión hace que Gastrell termine con el cuello muy rojo y el nacimiento del cabello salpicado de sudor, mientras que Yash parece haber derrotado a un dragón.

Para mi tesis, se me asigna una tutora de la que no había oído hablar en la vida, y me tengo que reunir con ella cada semana. Si tuviese que señalar el momento exacto en que mi carrera como escritora dio comienzo, sería ese: los jueves a la una, con la Dra. Felske. Cada semana llego con dos copias de una nueva historia y tengo que leerla entera en voz alta, mientras ella me sigue con su copia, encerrando palabras, anotando cosas bajo las oraciones y tachando párrafos enteros. Muy de vez en cuando me deja un «visto»

diminuto en el margen. Y yo lo doy todo por esos «visto» diminutos. Conforme avanza el semestre, me va poniendo más y más de ellos. No tarda en comprender que mis lecturas han sido muy limitadas, y casi todas escritas por hombres, de modo que me abre las puertas a Virginia Woolf, Katherine Mansfield, Zora Neale Hurston, Elizabeth Bowen, Djuna Barnes, Nadine Gordimer y Jamaica Kincaid. Para mediados de noviembre ya llevo una docena de historias escritas. Antes, para mí revisar era corregir una cosilla por aquí y otra por allá; lo que hago ahora es más bien una endodoncia a cada párrafo. Los profesores de escritura que había tenido hasta el momento solían expresarse de forma genérica, a menudo citando a escritores famosos. Chéjov dijo esto, Beckett dijo lo otro. Y nosotros anotábamos todas esas perlas. La Dra. Felske solo habla sobre lo que ve plasmado en la página. Le da golpecitos a un pasaje con su portaminas plateado y me pregunta qué intención tengo al escribir eso. Hace que me aparte de las tramas góticas y sureñas que me habían seducido el año pasado y que pruebe suerte con mis propias emociones. Empiezo a comprender el poder de la ficción, la razón por la que nos inventamos historias. Mi mejor relato tiene como sujeto a mi padre. No es autobiográfico. Es sobre el encargado de una zapatería y el chico que consigue trabajo allí, pero en realidad va sobre mi padre, sobre la furia que siento, así como la vergüenza que me produce y el cariño que le tengo. Las escenas que no ocurrieron se concentran y destilan la emoción de lo que sí pasó. «La verdad no tiene nada que ver con los hechos», dijo uno de mis profesores, citando a Faulkner. La Dra. Felske me demuestra lo que eso significa de verdad.

Madame Trèves, la dueña de Chantal, me va tomando cariño y confianza poco a poco. Me ha llevado cuatro meses. Según me dijo el barman, una vez que empieza a hablarte sobre su familia, ya te la has ganado. Durante una noche lenta a fines de septiembre, nos encontramos en un rinconcito al fondo del restaurante y ella me señala a un viejo que se acaba de sentar. «Se parece a mi tío», comenta, y yo le pregunto en qué, y ella me explica que no es una cuestión de físico, sino de la energía que desprende, la bondad. Entonces pasa a contarme lo que ya me había contado el barman, que su tío, el marido de la hermana de su madre, escondió a la familia entera en el cobertizo de su granja durante los últimos tres años de la guerra.

A la semana siguiente, me asigna tres turnos más por la noche. Dejo mi trabajo en el High Five y en Entre Burbujas, y empiezo a ganar más dinero. Más de cien dólares la noche, de hecho. Por primera vez puedo hacer depósitos de verdad en el banco.

Llevo lo que me dan de propina a casa, y Yash y yo lo contamos en su cama. Me doy una ducha y, cuando me entra frío, me pongo unas mallas rojas que encuentro en su armario. Me dice que parece mi trajecito rojo, como el de la canción de Talking Heads. Contamos mis propinas y damos vueltas en la cama hasta que tengo las mallas rojas en los tobillos y en la vida he sido tan feliz como soy ahora.

De tanto en tanto, Sam vuelve a la universidad para perturbar mi felicidad. Se queda a dormir con Yash y yo no puedo ir a ninguna de las fiestas a las que van ellos. Mi nombre es tabú. Según me cuenta Yash, cuando están juntos los dos, yo no existo. Sus amigos ya saben que no deben ni mencionarme. Cuando Yash vuelve a buscarme al final del fin de semana, no quiere hablar sobre lo que han hecho o a dónde han ido o de qué temas han hablado. Odio a Sam por hacerme esto, por quitarme a Yash durante días y devolvérmelo malhumorado, petulante y confuso, como yo solía volver con mi madre tras pasar el fin de semana en casa de mi padre. Odio cómo huele la habitación cuando Sam se ha quedado a dormir. Odio la caja con mis cosas que el chico con el que vive Yash nos deja guardar bajo su cama y que recupero una vez que Sam ya no está.

Una vez, en noviembre, después de una de las visitas de Sam, no voy a casa de Yash el domingo por la noche al salir de trabajar, y él no viene a verme a mi casa en la calle Pye. A la mañana siguiente decido ponerlo a prueba, ver cuánto tardará en buscarme. Así que voy a clase y después a la biblioteca para escribir una de las historias que necesito para mi tesis. Chantal cierra los lunes por la noche y lo normal es que Yash y yo nos pidamos una pizza. Pero no viene a verme ni tampoco me llama. El martes tampoco sé nada de él. Ni buena parte del miércoles, vaya. El seminario de Gastrell es por la noche y, si no he sabido nada de él hasta entonces, si tengo que caminar sola hasta Breach House y sentarme a su lado en el sofá de rayas, me voy a poner a llorar y no va a haber vuelta atrás. Ese día me salto mi otra clase, porque no he podido cumplir con los deberes. Sé que Yash tiene clase hasta las cuatro.

Voy andando hasta su casa. Llamo a la puerta a pesar de que tengo llave. Siento como si me hubiera bebido una jarra entera de café de lo rápido que me va el corazón. Es como si hubiese salido de mi propio cuerpo.

—¡Hola, Hink! —dice al abrir la puerta, lo que me confunde sobremanera, y luego me abraza—. Mmm, qué bien hueles —comenta al hundir la nariz detrás de mi oreja.

Vamos a su habitación y veo que ha recuperado la caja con mis cosas y que todo ha vuelto a su sitio: mi libro en su mesita, mi cepillo en la cómoda. Ha estado leyendo mucho. Hay al menos una docena de libros en mi lado de la cama y procuro no echarme a llorar, pero me cuesta.

Abre el armario y me señala las mallas rojas, colgadas en una percha.

—Se me olvidó guardarlas y Sam las agarró y se puso a chincharme. Me pareció que iba a ponérselas, así que se las quité y me dijo que me había vuelto un idiota. No fue muy agradable, la verdad. El sábado que salimos vimos como a cinco de tus amigos, era un no parar.

Me abraza y me besa y yo no soy capaz de decir nada. Pero él no parece notarlo.

—Te echaba de menos. ¿Has comido? He encontrado el cheddar que te gusta en la tienda.

Baja a la cocina y yo me meto en el baño a llorar un poco. Quiero decirle lo que siento, preguntarle si se ha dado cuenta de que no nos hemos visto desde el viernes. Esto es a lo que se refería Jay, mi ex, cuando decía que me guardo las cosas. Solo que no se me da bien decir que me siento mal, que siento que ha pasado de mí o que no me quiere. De pequeña no aprendí a hacerlo, sino a esconder lo que siento. O a dejarlo salir en lo que escribo.

Vuelvo a su habitación, a donde me ha llevado un bocadillo, y no puedo evitar echarme a llorar.

—Ay, Hink. ¿Qué ha pasado?

—No me gusta cuando Sam viene a verte —es lo único que soy capaz de confesar.

Yash coincide en que es una situación complicada y nos tumbamos en su cama hasta que llega la hora de ir al seminario en Breach House.

En diciembre, cuando Madame Trèves me ayuda a poner las mesas, sé que algo va mal, porque ella solo te ayuda cuando quiere echarte la bronca. Pero no tengo idea de qué he hecho. Sé que le caigo bien, ella y su marido nos invitaron a Yash y a mí a pasar el Día de Acción de Gracias con ellos. Le contamos que queríamos ser escritores y mudarnos a París y ella nos mostró unas cajas llenas de fotos y nos habló sobre todos los *arrondissements* de París en los que ha vivido.

—Sabes que eres mi favorita, ¿no? —me dice, en lo que acomoda las servilletas que yo acabo de colocar con cuidado.

—¿En serio?

Me mira con el ceño fruncido.

—Claro que sí. Y no quiero perderte, de verdad que no. Pero estoy dispuesta a hacer sacrificios. No a menudo, pero de vez en cuando. Tengo una sobrina en Francia, la hija de mi hermana. Tiene dos hijos, no tiene marido, y su canguro acaba de renunciar. No sé decirte por qué contrataría a una alemana, pero bueno. La cosa es que necesita a alguien. Y tú quieres trabajar en París. Así que ahí lo tienes, la ocasión perfecta. La única que sale perdiendo soy yo. Puedes escribir mientras los niños están en el colegio. Te vas a mediados de enero. Y me abandonas. —Hace un ademán desdeñoso con los dedos, como si la hubiera insultado. Como si fuese idea mía.

De camino a casa de Yash me pongo a pensar en *La casa en París*, de Elizabeth Bowen. Recuerdo al Dr. Gastrell diciendo que Ezra Pound invitó a James Joyce a pasar una semana con él en París y Joyce terminó quedándose veinte años y escribiendo *Ulises* y *Finnegan's Wake*. Pienso en que la Dra. Felske siempre dice que hay dos cosas que le otorgan perspectiva y claridad a un personaje: el tiempo y la distancia. Comprendo que tengo que irme.

Yash está en su habitación, leyendo. Ni bien cruzo la puerta, se lo cuento.

Se muestra tan sorprendido como me siento yo. Quiere saber si me pagarán lo suficiente y, si no es así, cómo haré para solventar mis préstamos universitarios.

Le digo que me da igual.

—¿Cómo me van a buscar al otro lado del mundo?

Niega con la cabeza.

—Terminarán encontrándote. Y para entonces tendrás que pagar mucho en intereses.

¿Qué hacemos hablando de mis préstamos universitarios?

—¿Me echarás de menos?

—Claro que te echaré de menos. —Entonces nota mi expresión—. No sabes cuánto. Ven. —Me hace sitio a su lado, en la cama.

Me tumbo junto a él y le acaricio el pecho. Él lo saca de forma exagerada, algo por lo que suelo burlarme.

—Iré a buscarte apenas me gradúe —me dice.

Aunque quiero ir, no quiero dejarlo a él ni a nuestras noches de Hincomb para dos y las mallas rojas.

Yash me abraza con fuerza y me dice que, mientras tanto, podemos intercambiar correspondencia sugerente como hacían Henry Miller y Anaïs Nin.

Al final del semestre me salto la graduación y conducimos hasta Knoxville. No nos alojamos con ninguno de sus padres, porque Yash no quiere pasar por ese escrutinio. En su lugar, nos quedamos con su amigo EJ y con Marni.

He oído mucho sobre EJ, uno de los mejores amigos de Yash desde primaria. Empezó a salir con Marni cuando estaban en segundo de secundaria y, cuando se quedó embarazada durante su último año, se casaron. Ahora tienen una hija de cuatro años y otra de dos, y hace poco se compraron una casa.

—Al principio a EJ lo notarás un poco distante —me dice Yash en el coche—. Será Marni la que se encargue de la conversación. Una vez que hayamos bebido un poco, a EJ se le pasará la timidez y Marni lo dejará brillar. Si nos quedamos mucho rato, le entrará el sueño y luego se pondrá peleón, pero nos iremos a la cama antes de que eso suceda. Es buen tipo, pero tiene sus demonios que no lo sueltan.

—¿Por lo de su padre? —El padre de EJ murió de un infarto frente a él cuando apenas tenía nueve años. Estaban solos en casa, preparando unos perritos calientes.

—Creo que ya los tenía antes de eso. Incluso de pequeño creía que todo el mundo intentaba estafarlo. Imagino que las cosas no iban muy bien por casa. Se quejaba sobre su padre, pero una vez que murió pasó a ser un santo. Siempre ha estado enamorado de Marni. Me alegro de que estén juntos, ella le hace bien. Y las nenas, ya ni te digo. Te van a encantar.

Aparcamos en la entrada y las niñas salen corriendo y gritando a recibirlo, hasta que la más pequeña se echa a llorar porque no puede llegar primera.

Lo llaman «Gas» y él las llama «bichitos». Las alza en brazos a ambas y ellas le acercan la carita, y todo lo que les dice Yash en voz baja las hace soltar risitas y gritos y agitar las piernas, encantadas de la vida.

Marni se queda en los escalones y yo me presento, estrechándole la mano. A pesar de que tiene nuestra edad, veintidós, a su lado me siento diez años más joven. Nos pregunta qué tal ha ido el trayecto y yo le pregunto por la casa nueva. Mientras hablamos, contempla a Yash y a las niñas por encima de mi hombro.

Entramos y la seguimos por la cocina hasta el salón, con el sofá cama en el que nos quedaremos. Las niñas tiran de Yash hacia su habitación y Marni nos pide que nos quedemos un rato con ellas mientras termina la cena, que EJ no tardará en llegar del trabajo. Es la primera persona de mi edad que conozco que tenga hijos y un marido que vaya a llegar pronto del trabajo.

Las niñas quieren hacer una casita con los cojines del sofá y las mantas de sus camas, y dentro quieren jugar a un juego llamado Cabriolas, algo que inventó Gas. Para ello tienes que usar dos dedos de la mano y hacer varios movimientos, y los demás tienen que adivinar la palabra.

—Pero no puedes hacer cabriolas —me instruye la mayor—. Es la única regla. Nada de cabriolas.

Yash va primero y apoya los dos dedos en la palma de la otra mano para luego levantar uno.

—¡El baile de los rusos! —chillan las dos a la vez.

Todos nos echamos a reír.

—Puede que tenga algo de ventaja, ya les he enseñado unos cuantos.

La más pequeña alza una manita y hace que sus deditos salten de arriba abajo.

—Salto —digo—. Brincos. Rebotes. Piruetas. —Espero a que los otros dos digan algo, pero se limitan a sonreír con travesura—. Rebotar. Hacer la croqueta —pruebo suerte, pero la pequeñaja niega con la cabeza.

—*Sauté!* —dice la otra, antes de partirse de risa.

Podría quedarme bajo estas mantas toda la noche. Con las niñas y sus deditos regordetes y las palabras que les ha enseñado Yash. Todo me hace gracia.

EJ sigue el patrón que predijo Yash. Para la mitad de la cena ya es un encanto, y Yash, Marni y él me cuentan historias que ya conozco, pero con nuevos detalles. No quiero levantarme e ir al baño por si me pierdo de algo. No quiero perderme nada de lo que diga Yash.

Cuando este se va al baño, EJ comenta:

—Nunca había traído a nadie a casa.

Asiento, para confirmarle que era algo que ya sabía.

—No, esto es más importante de lo que crees.

—EJ.

—No, tiene que saberlo.

—¿Qué tiene que saber?

Algo cambia en cómo me mira. Como hija de un padre volátil, comprendo que hemos llegado al momento sobre el que me ha advertido Yash. Por el pasillo, oímos que se abre la puerta del baño.

—No le hagas daño —me advierte EJ en voz baja.

Yash se percata del cambio y dice que está hecho polvo por haber conducido, así que lavamos los platos a toda prisa y nos escabullimos al sofá cama. Es bastante cómodo, incluso a las cinco de la madrugada, cuando pasamos a ser cuatro en él. Para cuando dan las seis, ya nos hemos levantado y hemos salido a dar un paseo hasta el final del camino, para darles de comer a los caballos.

Vamos a casa de su madre a desayunar. Como ha conseguido trabajo en una tienda del centro durante la temporada, tiene que presentarse a las diez de la mañana. Es jovencísima, pues tuvo a Yash a los dieciocho. Tiene el cabello largo, va descalza y con las uñas de los pies pintadas de lila, y nos recibe con un abrazo largo y cariñoso. Esta es la casa en la que se crio Yash. Me señala por la ventana la casa de Arlo y Bean, al otro lado de la calle («La madre es un encanto, aunque el marido es un completo imbécil», acota la madre de Yash), así como la de los Sullivan y sus nueve hijos, tres casas más allá, o la de los McDaniels al final de la calle, que tienen once criaturas.

—Hay mucho semental en esta calle —comenta Yash—. Y luego está mi pobre madre con su único hijo, indio y rarito.

Su madre lo mira con el ceño fruncido.

—Yashie, no digas esas cosas.

Su madre ha montado una mesa llena de comida y Yash le reprocha que haya gastado tanto solo por querer impresionarme.

—No pretendía impresionarla, solo hacer que comieras algo, que estás en los huesos.

Nos sentamos y Yash se queda callado, así que su madre habla sobre la meditación trascendental y el aparcamiento diminuto que tiene el mercadillo que acaba de abrir.

—Si tienes la suerte de encontrar dónde aparcar, reza para que tengas cómo salir. No cabe ni un alma ahí.

Cada palabra que sale de boca de su madre exaspera a Yash. Aun con todo, la mujer lo sigue intentando. Incluso cuando es obvio que va a llegar tarde al trabajo, nos sigue insistiendo para que comamos y saca más y más temas de conversación. Yash le extiende su bolso y su abrigo.

—Peggy Lynn, si no te vas ahora mismo, vas a hacer que te despidan —le dice con un acento sureño muy marcado, y puedo ver al chico que fue hace tiempo.

Su madre se pone de pie, deja que le ponga el abrigo y el bolso y enfila hacia la puerta.

—Ha sido todo un placer, Jordan. Ojalá nos veamos pronto.

De allí nos vamos a ver a su padre («Jordan es el tipo de chica del que te divorcias») para comer. Vive con su mujer, Paige, en una granja a treinta minutos de la ciudad. Si bien Yash siempre ha dicho que no queda rastro de India en su padre, no me esperaba el sombrero de vaquero ni el acento clásico del sur. Su negocio es el whisky, es dueño de una distribuidora y es de lo único de lo que quiere hablar: de la cadena de valores, el precio de coste, la compra centralizada, la eliminación de intermediarios y la cuota de bolsillo. Solo cambia de tema para decirle a Yash que sabe que su madre se ha echado un nuevo novio, un tal Bud.

—Ese pobre desgraciado no sabe lo que le espera —añade, y Paige se mete en la conversación para hacernos muchas preguntas después de eso.

Su padre no se molesta en disimular cuánto le incordia que nos hayamos desviado de sus temas de interés y Yash se muestra muy dócil, sin rastro de su típico sentido del humor. No lo reconozco. Para cuando al fin volvemos al coche, siento que el alivio me invade.

Pasamos el resto de la tarde con su tío Percy y su tía Sue, ambos muy amables y fáciles de tratar. Están criando a su nieto Jared, quien adora tanto a Yash como los bichitos.

Comemos pastel en la mesa de la cocina y jugamos con Jared en el jardín. Poco a poco, veo cómo Yash se relaja tras las visitas a sus padres.

Esa noche les preparamos la cena a EJ y a Marni. Las niñas nos hacen de ayudantes de cocina. Aunque instamos a sus padres a disfrutar de un rato solos en el salón, ambos insisten en sentarse a la mesa de la cocina y observarnos.

Más tarde, después de haber follado a escondidas en el sofá cama, preocupados por que las niñas fuesen a presentarse en el salón en cualquier momento, oímos una discusión. Al principio solo podemos oír a EJ, con su tono grave y prepotente, pero, cuando alza incluso más la voz, empezamos a oír las respuestas de Marni también, que parece ir cambiando de belicosa a conciliadora.

—Nosotros conseguimos evitarlo, pero Marni no —le digo.

—Ella nunca se salva.

Un rato después la discusión parece llegar a su fin de pronto y la casa entera se queda en silencio. Yash se queda dormido, pero yo no puedo. Solo lo logro cuando las niñas se meten en la cama con nosotros, a eso de las tres de la madrugada.

A la mañana siguiente, Yash me lleva en coche al aeropuerto. Es muy temprano y hacemos gran parte del trayecto en silencio.

Aunque tengo la mano apoyada en su muslo, tiene la expresión tensa y no me mira. No sé si está cabreado por mi partida.

—¿Qué pasa?

Yash respira hondo.

—Me gustaría poder seguir conduciendo, de vuelta a la uni. No quiero pasar otra semana aquí.

—Ven a quedarte conmigo. —Ya se lo he pedido. Y él ya se ha negado.

Se para fuera de la terminal y me dice que te multan si sales del coche, así que nos despedimos ahí mismo, en el asiento delantero del Nova. Se me saltan las lágrimas, pero a él no. Parece muy distante, imposible de alcanzar, y eso hace que llore incluso más. Marcharme parece un error tremendo.

—Hink —me llama—, vas a perder tu vuelo.

Saco mi maleta enorme del maletero. Me inclino por la puerta para darle un beso y decirle que lo quiero. Me responde que él también, pero parece ido. Cierro la puerta y arranca. Me despido con la mano, al igual que él, pero su mirada nunca se vuelve hacia mí.

Paso las fiestas con mi madre, y Yash y yo hablamos por teléfono unas cuantas veces. Una vez que regresa a su casa en la calle MacDougal, parece volver a ser él mismo. Dice que se está poniendo las mallas rojas y que no piensa quitárselas hasta que vaya a París.

El primer día del nuevo año, me marcho a Francia.

CAPÍTULO OCHO

La sobrina de Madame Trèves, Léa, vive en Rue de Vaugirard 16, a dos calles de los jardines de Luxemburgo. Hay una puerta azul, pensada para carruajes, que se abre con un código. En la entrada hay una fila de buzones plateados. El correo llega dos veces al día, a las nueve de la mañana y a las cuatro de la tarde. La familia ha pasado a llamarme *le facteur*, la cartera, porque voy mucho al buzón a ver si me ha llegado alguna carta de Yash.

Sus cartas son unos paquetitos compactos, de seis a ocho páginas amarillas de su libreta, con su caligrafía pequeña hecha con su boli azul, llenas de observaciones, alusiones y reflexiones, quizá más como Henry James que como Henry Miller, pero con bastante más sentido del humor. Espero semanas a que me llegue una. Como ninguno de los dos tiene ni un duro, no podemos permitirnos llamarnos, aunque tras pasar tres semanas sin recibir nada de su parte, termino cediendo y telefoneando desde una cabina, mientras veo mis monedas de diez francos desaparecer una a una. Una llamada de una hora me cuesta la tercera parte de mi estipendio semanal. Léa lo llama *l'argent de poche*, un dinerillo extra, porque ya me proporciona techo y comida.

En primavera, mientras le toca ponerse con la tesis, no sé nada de él durante todo el mes de abril. Lo llamo dos veces, le dejo mensajes con sus compañeros de piso de la calle MacDougal, pero nunca me devuelve la llamada. Un día a principios de mayo, cuando Léa me trae un grueso sobre blanco (porque se ha cruzado con el *facteur* de verdad en la calle), me echo a llorar y salgo corriendo a mi habitación diminuta para leerla. Es, como siempre, magnífica, erudita, distante y sin pizca de remordimiento. Me demuestra ternura y cariño solo en las dos últimas frases, como en el verso final de un soneto. «Pero ya no quiero hastiarte más con mis disertaciones. Te quiero, cariño, por muy incómodo que me resulte hacerlo y más aún confesarlo».

Es la primera vez que me ha llamado «cariño» por escrito. Es su apelativo más afectuoso, el que usa solo en nuestros momentos más íntimos, cuando parece que los dos somos uno y respiramos el mismo aire.

Al final de su carta, en una letra incluso más pequeña, casi como si estuviese poniendo a prueba si leo con atención sus misivas o no, hay una oración más.

PD: el 5 de agosto llegaré a tus tierras.

Tenía la esperanza de que llegara en junio o en julio, pero no pasa nada. Porque va a venir.

Tengo que ponerme con la cena, pero es que no consigo recomponerme. Porque Yash me quiere. Me ha llamado «cariño». Va a venir a verme en agosto.

Léa llama a la puerta. Entra, me ve llorando y se sienta a mi lado, en la cama. Hasta ahora no habíamos estado juntas en mi habitación. Se ha arreglado para salir con su novio, Laurent, y lleva una blusa de seda, cinturón de ante y una falda negra. Dice que quiere contarme una historia y me habla en mi idioma, algo que no suele hacer, solo cuando quiere asegurarse de que entienda cada palabra.

Me cuenta que cuando tenía diecinueve años se enamoró perdidamente. Tras un año de relación, él le dijo que quería ir a Estados Unidos y recorrer en coche la zona occidental del país. Le pidió que lo acompañara; se lo rogó, de hecho. Pero ella tenía que terminar sus estudios y sus padres no querían que fuese una *hippie* estadounidense sin estudios. Así que él se marchó y, cuando ella terminó de estudiar, no lo siguió como le había prometido que haría.

—No sé por qué, supongo que me dolía que se hubiera marchado —me dice—. Y luego él conoció a alguien. Me escribió para contármelo. Yo estaba *écrasée*, devastada. Apenas podía moverme. Pero mi amigo Alain me había estado esperando todo este tiempo. Así que me fui con él.

El exnovio volvió a buscarla porque su relación con la americana no había terminado bien, pero ella ya se había casado.

—Entonces él también se casó y yo me divorcié. Ahora es él quien se está divorciando. Y es el hombre con el que estoy saliendo ahora. Es Laurent. Se mudará con nosotros dentro de unos meses. —Cuenta con los dedos—. Veintiún años después. A lo que voy es a que las decisiones que tomamos cuando somos jóvenes son muy importantes. No te haces una idea de cuánto. Estos sentimientos no pueden *revenir. Pas comme ça.* Y nadie te lo dice.

Me señala las páginas que componen la carta de Yash, sobre la cama.

—Dale prioridad a este amor que sientes. Cásate con él. Cásate y ten hijos. Da igual lo que pase después.

Le digo que apenas tengo veintitrés años y ella lo descarta.

—A quién le importa la edad. ¿Qué sabe la edad sobre el amor?

—Déjalo ir —me dice mi amiga Nobiko, quien cuida de los mellizos que viven en la cuarta planta.

Es divorciada. Tardó mucho tiempo en dejarlo ir. *Trop longtemps*, en palabras textuales.

Es junio y yo vuelvo a esperar una de sus cartas. Al día siguiente me llega una y se la enseño. Me dice algo en japonés que luego traduce al francés. Algo sobre un *petit poison*. Lo que quiere decir es que me tiene enganchada y solo me da largas.

Me busco unas clases de francés no muy caras y hago amigos. Llevo a los niños, Luc y Delphine, a sus clases y citas para jugar, repartidas por toda la ciudad. Intento estudiar gramática y leer en francés. En mi habitación diminuta, empiezo a escribir algunas historias cortas, pero no consigo acabarlas. Gran parte de lo que escribo son cartas para Yash, en las que intento mostrarme animada, contarle anécdotas y no agobiarlo con lo mucho que lo echo de menos, y también el diario en el que vuelco todo ese exceso de sentimientos que no puedo transmitir en las cartas. Estoy tan enamorada de él que me cuesta respirar hondo, eso es lo que escribo en mi diario. Su ausencia me hace sentir como si hubiese perdido un pulmón.

Siento que mi vida está en pausa, suspendida en el tiempo. Que va de carta en carta. Cuando llega alguna, estoy en las nubes durante una semana entera. A la siguiente, voy bajando a la realidad poco a poco. Una vez que vuelvo a poner los pies en la tierra es cuando los miedos me invaden. Que haya conocido a otra, a alguien que lo haga sentir diferente, como una nueva versión de sí mismo, más lleno de vida. Una brasileña. Bailarina. Una bailarina brasileña que hará que nunca más sepa nada de él. Pero entonces me llega otra carta y vuelvo a levitar.

La primera carta que me envía desde Knoxville, en junio, es exuberante. Se ha graduado con honores, ha dispuesto una mesa y una silla en el establo de su padre y ha jurado que empezará a escribir su novela, cinco páginas al día. La idea me pone tan contenta que no me obligo a esperar unos días para contestar, sino que lo hago ahí mismo. Tengo tantísimo que decirle que siento que las palabras me burbujean por dentro, que se atropellan. «Aun así», escribo, «me da la sensación de que podría expresarlo todo en una sola palabra inexistente y tú sabrías comprender exactamente lo que quiero decirte».

Su carta de julio es más corta y menos optimista. Su padre es un déspota incorregible, y su madre, el caos personificado. Que se marcharía sin mirar atrás ese mismo día, pero tiene que ahorrar para viajar a Francia. También me comenta que está leyendo a Kafka, que «quizá no sea la mejor opción para lo que está viviendo». Al final de la carta me dice que escribió nueve de las peores páginas de ficción jamás plasmadas en papel y que, como correspondía, las quemó con los restos de leña detrás del establo.

Y por fin está aquí. Voy al aeropuerto Charles de Gaulle a recogerlo y lo traigo a mi cama diminuta. La familia, como la mayoría de parisinos en agosto, se ha marchado de la ciudad. Han ido a ver a la madre de Léa, en Saint-Malo, así que tenemos el piso para los dos solos. Nos tumbamos de lado para mirarnos el uno al otro, que es el único modo en el que cabemos en la cama, por muy apretujados que estemos. Me parece alguien nuevo pero conocido, valiosísimo y emocionante.

—Creo que ya podemos confirmar que sí que te quiero —dice.

Nos movemos despacio (porque él lleva despierto más de veinticuatro horas) y follamos de la única forma que se puede en una cama tan pequeña: poco a poco. Yash se corre y me llama «cariño» cuando ambos estamos sudorosos y agotados.

—No sabía que te echaba tanto de menos —confiesa.

Durante nuestra primera semana juntos nos quedamos en París y lo llevo a todos los lugares en los que ansiaba tenerlo a mi lado. Es como llevarlo a casa, a que lo reciban con cariño unos familiares que comparten mi gozo. «Mirad, aquí lo tenéis», les digo a los castaños de Indias que hay en el Luco, al reservado en el que me suelo sentar en Le Danton, y al tramo de hierba en el Champs de Mars, donde leí su última carta. «Aquí lo tenéis».

Nos montamos nuestro propio *tour* de Proust y vemos la recreación de su habitación en el museo Carnavalet, con restos del corcho que usó para forrar el cuarto. Vamos al 102 de Haussman, que ha pasado a ser un banco, donde vivió durante trece años y escribió *En busca del tiempo perdido* y, según el Dr. Gastrell, también sollozó a la luz de la luna en 1914 cuando se enteró de que la invasión alemana era inminente. Encontramos el callejón por el que Swann fue a buscar la puerta de la habitación de Odette.

Una noche salimos con los amigos que he conocido en mis clases de francés, Deirdre la irlandesa, y Loes la holandesa, además del amigo de esta última, Fabien, que es de Toulouse. Nos encontramos en un bar subterráneo cerca del Panteón y nos apretujamos en una mesita en un rincón. Voy a comprarnos bebidas y vuelvo la mirada para verlo rodeado de mis nuevos amigos, con los codos apoyados en la mesa, la cabeza ladeada, el flequillo echado hacia atrás y esa sonrisa de gamberro. Les está contando una historia. Me entra esa impaciencia que conozco bien, esa que hace que quiera volver de inmediato a la mesa para no perderme nada de lo que dice.

Madame Trèves me hizo prometerle que iría a su restaurante favorito, Lapis, y esperé a Yash para que fuéramos juntos, pero, una vez que ve el menú en la pizarrita que hay a un lado de la puerta azul y dorada, decide que no quiere despilfarrar tanto en el precio fijo que hay que pagar por la consumición. A pesar de que ha trabajado todo el verano para poder costearse este viaje, no parece querer gastar ni un céntimo de lo que ha ahorrado.

Lo llevo a un restaurante modesto de comida india que me gusta en el quinto distrito, Le Punjab. No había probado la comida india hasta que me vine a vivir a París. Entramos y una mujer al fondo del restaurante nos dice algo, Yash le contesta y yo no tengo ni idea de qué ha pasado. Siempre ha dicho que no hablaba ni pizca de hindi. Nos conduce a la única mesa que da a la ventana, sobre una plataforma, por lo que hay que subir un escalón para llegar, y su marido nos trae las cartas. La pareja habla un poco con Yash y puedo notar que él les dice que no domina el idioma, pero ellos no se muestran de acuerdo y me dicen en francés que se expresa muy bien.

Quieren saber de dónde es su familia, y en lugar de decir Nueva Delhi, Yash dice otra cosa. Como no conocen el pueblo, sacan un mapa y se ponen a buscarlo, pero ninguno lo encuentra. Le preguntan algo en hindi, y como él no los entiende, me hacen la pregunta a mí en francés.

—*Comment s'écrit ce village?*

—*Je ne suis pas sûr* —contesta Yash, y los dueños del restaurante parecen encantados al ver que también entiende francés.

Hacen que el padre de la mujer salga de la trastienda y repiten todo el proceso, pero el anciano tampoco parece conocer el pueblo.

No llegamos a pedir. Se limitan a traernos un platillo tras otro, a colmarnos de atenciones. Se quedan maravillados con Yash.

—Han sido muy amables, ¿no? —me dice él de camino a casa.

—La verdad es que sí.

Guarda silencio un buen rato después de eso. Le doy la mano mientras caminamos por la calle Mouffetard, que está desierta. Las tiendas están cerradas y los restaurantes, tranquilos. No queda rastro de los lugareños y a los turistas no les interesa esta parte de la ciudad por la noche.

—Es la primera vez que voy a un restaurante de comida india en la vida.

—¿No tenéis en Knoxville?

—Tenemos uno, pero jamás podría presentarme allí. Me criaron como si India fuese la Estrella de la Muerte. No podías ni mencionarla. Mi profesora de segundo de primaria me puso unos deberes para subir nota sobre India y mi padre intentó hacer que la despidieran.

Me suelta para frotarse la cara con ambas manos y se vuelve a quedar callado. Entonces añade:

—Cuatro años de universidad y nunca me he dignado a estudiar su historia ni el idioma. Nunca he leído a un escritor indio. Vayamos a India. No sé yo si mi padre volvería a dirigirme la palabra después de eso, pero vayamos de todos modos. ¿Quieres que vayamos algún día?

—Me encantaría.

Esa noche, ya acostados, me cuenta que solo tiene un sueño recurrente: él dando un discurso en el funeral de su padre.

—Es un cliché muy manido. Ahí estoy yo, a veces en una iglesia, otras en un campo. Una vez dentro de un almacén, pero mi discurso siempre es buenísimo. Parece el mismo de un sueño a otro. Y lo digo de corazón, sin consultar mis notas. Pero me parece que ya lo he dado antes. Y a la gente le encanta, es muy bueno. Mi madre y mi madrastra están en primera fila y lloran dándose la mano. Siempre me sale perfecto. Sin falta.

—Y tu padre nunca está presente para oírlo.

—Nop. Siempre está muerto.

Lo convenzo de que los dos también tenemos que salir de la ciudad. Tomamos un tren hasta Estrasburgo y otro hasta Davos. Yash quiere ver el sanatorio en el que Thomas Mann visitó a su mujer, Katia, durante tres semanas en 1912, la visita que inspiró *La montaña mágica*. El aire es tan puro y despejado como en todos los libros con personajes con tuberculosis que van en busca de una cura. Nos mareamos un poco al ir andando desde la estación hasta donde nos vamos a hospedar, con los Alpes alzándose en todas direcciones y las cimas más altas de un color azul claro por el hielo. Más tarde nos plantamos frente al enorme edificio, que sigue siendo un sanatorio, solo que para personas con asma, ya que la tuberculosis por fin tiene cura. Parece un hotel inmenso con grandes balcones que sobresalen de cada habitación, en las que los pacientes podrían pasar sus días respirando el aire frío y puro. Recorremos los terrenos y nos imaginamos que somos un par de desconocidos afligidos por la tisis que se conocen aquí mismo, como Hans Castorp y Clawdia Chauchat. Me cuenta que Chauchat fue como llamaron los franceses a la ametralladora que usaron en la Primera Guerra Mundial.

A la mañana siguiente nos vamos de excursión y hacemos doce kilómetros hasta una montaña al sur. Partimos temprano, con la intención de volver cuando oscurezca. El hijo del dueño de la pensión en la que nos hospedamos nos prepara un refrigerio y varias cosas para picotear. Tiene nuestra edad, es rubio y de hombros anchos, y habla inglés un poco cortado. Yash está convencido de que le gusto y conforme subimos la montaña se pasa el rato diciéndome que el suizo nos ha seguido, que está escondido por ahí detrás de un árbol o una gran roca.

De camino hablamos como siempre sobre libros, lo que los vuelve mágicos, lo que hace que sean especiales. Él dice que es por la estructura. Que lo bueno siempre está en la estructura. Y debatimos al respecto: le digo que a mí me parece que puede deberse a una variedad de elementos (las imágenes que evocan, los diálogos, todas las formas en las que la prosa parece cobrar vida), y él asegura que la forma es aquello que marca la diferencia. Le digo que la estructura de *Guerra y paz* no era nada del otro mundo, y él se pone a desmenuzar el libro sección por sección para demostrarme que Tolstói pretendía reimaginar tanto la *Ilíada* como la *Eneida* para hacer su obra maestra.

El camino es angosto y los árboles que lo delinean, muy altos. De tanto en tanto vemos un puente que cruza un riachuelo. Durante la primera hora captamos vistazos del pueblo que hay debajo, que se va haciendo más y más pequeño entre los árboles. Para la siguiente hora ya no tenemos vistas, hasta que de pronto nos quedamos ante un cielo despejado y la cuesta se vuelve plana hacia un prado lleno de flores rosadas y rojas.

—Te dije que podía pasar algo así.

—Sí que lo hiciste —repone él.

Dejo la mochila en el suelo y me pongo a correr por la hierba con los brazos extendidos. Doy vueltas y vueltas sobre mí misma, cantando a voz en grito que las montañas están vivas. Termino quedándome sin fuerzas tras un rato y Yash me acompaña cerca del borde de un saliente. Nos tumbamos sobre la hierba para sentir las montañas y las sombras que proyectan, y nos desnudamos para hacerlo ahí mismo, hasta que se nos acercan tres vacas a buen paso y unos andares un tanto agresivos, las tres con unos cencerros escandalosos rodeándoles el cuello. Nos levantamos desnudos y de un salto, entre risas nerviosas al no saber hacia dónde ir. De pronto cambian de dirección, así que nos volvemos a tumbar sobre la hierba y el tañido de sus campanas se va alejando poco a poco.

Yash me acaricia el cuello y los hombros con la punta de los dedos.

—Creo que de aquí hasta que me muera me pondré cachondo cada vez que oiga un cencerro —confiesa.

Más cerca de la cima llegamos a un estanque de color verde oscuro, rodeado de unas rocas planas. Así que volvemos a quedarnos en pelotas. El agua está muy fría, pues hace no mucho estaba congelada. Quiero que chapoteemos juntos, subirme a su espalda y besarlo mientras me aferra entre sus brazos, que todo sea resbaladizo y sexi. Pero Yash se aleja de mí y nada hacia el otro lado. Salgo del agua y me quedo sobre una roca cálida, con el agua fría goteándome del cabello por la espalda y las piernas hasta formar un charco a mis pies. El sol me seca la piel. Parece muy intenso, lleno de vida. Yash también sale del agua y se coloca a mi lado. Me da la mano y siento que me invade el alivio. Le dejo un beso en el cuello y lo abrazo con fuerza, con lo que el agua de su cabello me resbala por los hombros y la espalda y la piel se me tensa en lo que se evapora. Le digo que lo quiero con el alma entera.

Cuando alzo la vista hacia él, le veo un mohín.

—¿Qué ocurre?

Pero no me responde.

—¿Va todo bien, Hink?

Niega con la cabeza.

—Es que duele un poco esto de ser tan feliz.

Cuando regresamos a París a finales de agosto, Léa y sus hijos ya han vuelto a casa. Yash y yo los llevamos a sus clases de tenis en el Métro y vamos al súper para prepararles la comida. Los niños no tardan nada en encariñarse con él y Léa me dice que si no fuese tan encantador, jamás lo habría dejado quedarse conmigo en mi habitación. Yash y Laurent mantienen debates acalorados sobre temas tan distintos como la OTAN y el *prosecco*. Una semana antes de que Yash tenga que volver a casa, Laurent le ofrece un trabajo en su empresa en algo llamado *l'intelligence artificielle*, algo sobre lo que no había oído hablar en la vida y que, durante un buen tiempo, me parecerá exclusivamente francés. Laurent asegura que es un campo interesantísimo y prometedor. Que tiene un amigo en el Ministerio del Interior que puede acelerar el papeleo. Yash se lo piensa unos días y termina aceptando. ¡Se va a quedar conmigo! Va a ganar un sueldo de verdad. Podremos buscarnos un piso y yo terminaré el año trabajando para Léa, para luego pasar a dar clases de inglés por mi cuenta y empezar a ponerme en serio con la escritura.

En la noche anterior a su supuesto regreso, va a la cabina telefónica que hay cerca para llamar a su padre y pedirle que le mande algo de ropa y libros. Y allí, en aquella caja de cristal, en menos de diez minutos, cambia de parecer.

Al principio creo que puedo hacerlo cambiar de opinión de nuevo.

—Es una oportunidad única en la vida —le digo—. Laurent te va a conseguir un permiso de trabajo, que no es poca cosa. Vas a tener que vivir *carpe diem* un poco, Don Precauciones.

—O podría ser un año de burocracia francesa en el que al final terminen deportándome porque el papeleo no sale para adelante. —Su padre no ha tardado nada en clavarle las garras.

—¿Qué opina tu padre que es mejor para ti?

—No es por él. He estado pensando que tal vez lo mejor sea que me ciña a mi plan original.

¿Cuál plan original? No tenía ni idea de la existencia de dicho plan.

—Ahorrar lo suficiente para mudarme a Nueva York.

¿Nueva York?

—Un tipo que conozco del instituto vive allí. Trabaja en Houghton Mifflin. Es un puesto muy básico, pero ya ha hecho muchísimos contactos. El mes pasado se fue a cenar con Philip Roth.

Nunca he estado en Nueva York. Siempre me ha parecido muy triste en las películas. No le veo ni pies ni cabeza a su plan.

—París es muchísimo mejor que Nueva York en todos los sentidos.

—No si quieres ser escritor.

—Cierto, cierto. Piensa en todas esas novelas basura que se han escrito aquí. *Ulises. Fiesta. Madame Bovary.* —No tengo ni idea de si *Madame Bovary* se escribió aquí, pero espero que él tampoco lo sepa.

—Nueva York es el núcleo del arte que fue París en su momento —repone.

Nos quedamos despiertos toda la noche, su última noche conmigo, dándole vueltas y vueltas al tema. ¿Acaso no pasamos el otoño anterior soñando con vivir en París? ¿Qué fue de eso? ¿Qué ha pasado?

—Entonces… —empieza, suavizando el tono y poniéndose cariñoso—, ¿no quieres vivir en Nueva York?

—No, la verdad.

—Conmigo.

—Me gustan los árboles.

—Conmigo y cerca de un parque.

—¿Cuándo?

—Cuando ahorre suficiente.

Me parece un error garrafal que vuelva y trabaje para su padre una vez más, que se ahogue en la miseria, cuando la alternativa es que se quede aquí conmigo, cuando podríamos estar aquí, juntos.

La última vez que hacemos el amor es triste. Al menos para mí.

La primera luz tenue del día entra por la ventana. Dentro de una hora tendremos que irnos al aeropuerto. No puedo dejar de llorar.

—¿Y qué te parece en enero? —pregunta—. Puedo ahorrar lo suficiente para enero.

Se marcha. París pierde todo su brillo sin él. Hay un espacio vacío en mi habitación donde antes estaba su mochila verde. Me convierto en la *facteur* de nuevo, revisando el buzón mañana y noche. Pero Yash casi no me escribe. Dice que trabaja tantas horas como su padre esté dispuesto a pagarle, a veces hasta sesenta a la semana. Yo me pongo a dar clases mientras los niños están en el colegio. Dejo de salir de noche. No compro nada. Lo ahorro todo para Nueva York.

Para mediados de octubre necesito oír su voz de nuevo. Voy a la cabina de la esquina un domingo por la tarde. Mientras timbra, rezo por que sea Yash o su madrastra quien conteste, pero no hay suerte.

Su padre hace como si mi nombre apenas le sonara y le pregunto si podría pedirle a Yash que me llamase cuando tenga un momento.

—*¿Tiene tu número?*

—Sí.

—*¿Y sigues en Europa?*

—Sí.

—*Me saldrá cara la gracia, entonces. Y saldrá de mi bolsillo.*

—Seguro que se lo paga.

—*¿No sería más bonito que leyera tus palabras por escrito?*

El teléfono suelta un pitido. Me quedan diez segundos para poner otra moneda o se cortará la llamada.

—Eso haré, señor Thakkar. Muchas gracias.

Yash no me devuelve la llamada.

Le escribo a Carson, en Brooklyn, preguntándole si sabe de alguna habitación que esté disponible para alquilar, y ella me contesta no mucho después que una amiga de una amiga estaba buscando alguien para alquilarle su piso sin ascensor de la preguerra, entre Navy Yard y el puente. No tengo ni idea de qué implica todo eso, pero le mando a Yash la dirección de la chica y su número de teléfono y le digo a Carson que nos interesa.

Unas semanas después me llega una carta de Yash, con sus páginas amarillas llenas de quejas sobre su padre y la distribución de whisky, y sobre el cubículo que comparte con un hombre que huele a mayonesa y ungüento mentolado. En la última página me dice que habló con la amiga de Carson y que el piso parecía decente. Que le va a enviar un cheque a finales de semana y que ella le va a mandar las llaves. Podemos mudarnos el uno de enero.

Para ahorrar dinero no vuelvo a casa por las fiestas. Léa y Laurent se van a Roma y sus hijos pasan las vacaciones con su padre en el decimosexto distrito. Tengo unos cuantos alumnos que se quedarán en la ciudad y les saco unos pocos francos más antes de irme.

Yash me llama en Navidad. Quiere saber si estoy bien, porque lleva tiempo sin tener noticias de mí.

—Anda, cómo han cambiado las cosas. —Me oigo la voz y sé que suena rarísima.

—*¿Qué ocurre, Hink?*

—Estoy cansada. Estoy harta de echarte de menos.

Las palabras no parecen servir para nada. Lo único que necesito es verlo.

—*Ya* —dice él—. *Ha sido un otoño muy largo.*

—Sí.

Hablamos sobre los detalles para enero. Me dice que su vuelo a Newark llega una hora después que el mío, lo que me da tiempo a pasar por la aduana. Ambos viajaremos con Delta Air Lines y nos veremos en la zona de recogida de equipajes. Le han llegado las llaves del piso y me promete que no se las va a olvidar.

CAPÍTULO NUEVE

Llego a la zona donde se recoge el equipaje quince minutos antes de que aterrice su vuelo. Me apoyo en mi maleta enorme, una vieja y de color avena que era de mi madre, mientras espero que su vuelo aparezca en la pantalla. Hasta que por fin lo hace. En la cinta tres. Arrastro mi maleta hasta allí y me vuelvo a sentar. Aunque se mueve, aún no veo ninguna maleta. Dos mujeres bajan por las escaleras mecánicas y se quedan cerca de la cinta. Me acerco y les pregunto si vienen de Knoxville. Y sí. Lo que quiere decir que Yash ya ha aterrizado. Vuelvo a mi sitio, apoyada en la maleta.

—Alguien está contenta —dice un trabajador de la aerolínea cuando pasa por mi lado.

Observo la escalera y siento que me hormiguea la parte de atrás de las piernas. Me duele la tripa. Llevo con náuseas toda la semana. Pienso en que me tocará compartir baño con él de nuevo, en que volverá a decir «¡Qué peste!». Quiero mucho a todos los que bajan por la escalera y se sitúan frente a la cinta tres porque han acompañado a Yash en su viaje. Sé que será el último en bajar, porque camina lento. Hará una parada en el baño, beberá un poco de agua.

—Parece un poco apagado la verdad —me dijo mi madre una vez por teléfono.

Y aquello me sorprendió. ¿Qué le habré dicho para que le diera esa impresión? Porque la mente de Yash va a toda prisa. ¿Cómo va a ser pasota? Veo más gente pasar de refilón, pero ninguno con esa cara tan bonita.

Si supiese lo mucho que lo quiero, saldría corriendo. Recuerdo a Willie de sexto, que me invitó a salir cerca de los columpios. Esa semana me llamó cada día. Hablamos mucho sobre sus hámsteres, Navío y Gloria. A Gloria le gustaba llenarse los mofletes de semillas y, cuando le tocabas el cuello, se las notabas como a una de esas sillas hinchables tipo puf, según él. Pero Navío no hacía eso. Willie y yo quedamos en el centro comercial ese sábado y paseamos de la mano. Antes de que nos pasaran a buscar, me besó fuera de los baños que había cerca del patio de comida. Me dijo que besar se me daba bien y yo le dije que llevaba coladita por él desde tercero. Le dije que recordaba una camiseta celeste que se había puesto mucho ese año, así como los dibujos de conejitos que hacía en la parte de atrás de su libreta de mates en cuarto. Al día siguiente me llamó para cortar conmigo. Cuando le pregunté por qué, con un nudo en la garganta y lágrimas en los ojos, me dijo que era demasiada presión. Todo eso de que llevara tanto tiempo enamorada de él. Que lo hacía sentir como Navío.

—¿Por qué? —pregunté en un hilo de voz.

—Porque tienes todos esos recuerdos míos dentro y yo no, y es raro.

Me siento sobre mi maleta, pensando en esa conversación. Fue una comparación muy acertada, la verdad. Y él, muy sincero. No le he contado a Yash esa historia. No quería que lo viera como una advertencia. Cuando estemos instalados en nuestro piso, le contaré lo de Willie Sylvester. Le gustará el nombre. Dirá que parece nombre de personaje de libro.

Las maletas empiezan a salir de un agujero en mitad del carrusel y pasan por una elevación hasta llegar a la cinta. Todo ocurre muy deprisa; la gente va a por su equipaje y desaparece. No mucho después, solo queda una maleta plateada dando vueltas y vueltas. Y no es la suya. Voy a ver la pantalla de llegadas. Hay otro vuelo de Knoxville que llega dentro de dos horas. Voy al baño. Paso frente a un grupo de cabinas telefónicas, pero no las uso. Me dedico a esperar. Tras una hora, vuelvo y llamo a Carson para ver si Yash le ha dejado un mensaje para mí. Pero no. Llega el siguiente vuelo de Knoxville y Yash tampoco va en ese.

Vuelvo a las cabinas y marco el número de su padre. Siento que el corazón se me va a salir del pecho.

Aunque intento no llorar, ya se me caen las lágrimas. Me contesta su madrastra y ya es algo.

—*Ay, Jordan, nos temíamos que fueras tú.*

—¿Qué ha pasado? —oigo el eco de mi voz contra las demás cabinas.

—*Tranquila, cielo. No le ha pasado nada. Me pidió que te dijera que estaría conduciendo hasta tarde y que te llamaría mañana a casa de Carson.*

—¿Conduciendo? ¿Piensa ir en coche?

No me contesta.

—¿Va a traer su coche a Nueva York? —Si hace meses me dijo que no lo haría.

—*No está yendo a Nueva York, cielo. Se ha ido a Atlanta. Con Sam.*

No sé cómo me las arreglo para encontrar un taxi que me lleve a Brooklyn. Voy llorando todo el camino, pero el taxista no dice ni «mu». Que estamos en Nueva York, seguro que ya ha visto de todo.

Llamo al intercomunicador y Carson baja a recibirme con sus viejas pantuflas.

Ya no me cierra el abrigo, por lo que no tarda en ver mi estado, lo mucho que he metido la pata.

—Ay, Dios.

Me echo a llorar en sus brazos.

—¿Se lo has contado?

Niego con la cabeza.

—Ay, nena.

Me abraza un buen rato y luego carga con mi pesado equipaje escaleras arriba.

PARTE II

CAPÍTULO DIEZ

Mis hijos se desabrochan el cinturón, abren la puerta de un tirón y salen corriendo por el caminito de tierra hacia el tobogán plateado. Sus pasos resuenan sobre los peldaños metálicos.

—Anda, un clásico de antaño —comentas en referencia al tobogán mientras los seguimos.

Y yo quiero preguntarte qué haces aquí.

El parque tiene la forma de un dedo muy largo que roza el Atlántico. El agua reluce y sus destellos se reflejan entre los pinos que nos rodean.

Harry es el primero en llegar a lo más alto, con Jack pisándole los talones y sujetándose a su espalda. Bajan muy deprisa. Jack se cae hacia un lado, sobre la tierra, y tira a Harry con él, por lo que los dos terminan revolcándose entre risas. Cinco y siete años, esa es la edad de mis hijos.

Los miras y meneas la cabeza.

—Ese trasto es demasiado grande y empinado. ¿Es que en esta ciudad no hay códigos de seguridad o algo?

—No sé, habrá que revisar la documentación, Don Precauciones.

Me miras y te ríes. Los niños se levantan de la tierra y vuelven a subir al tobogán corriendo. Esta vez es Jack quien llega primero.

Espero a que comentes lo que la gente suele decir sobre Jack, sobre lo ágil que es, lo temerario, que no tardará mucho en hacerle la competencia a su hermano mayor.

—Son muy felices —dices al verlos deslizarse.

—Llevas menos de dos horas con ellos.

—Pero lo sé. Todos mis amigos les han jodido la vida a sus hijos, pero los tuyos parecen estar bien.

Te agachas y recoges una aguja de pino seca del suelo.

—Joder, ¿hace cuánto que no veo una de estas?

Qué sabré yo.

—¡Harry! ¡Jack! —Sales corriendo a su encuentro. Hace mucho tenías el cuerpo de un atleta, con unos glúteos marcados bajo la cinturilla de tus pantalones de chándal grises. Pero ahora parece que te duele todo—. ¿Y si trepamos a uno de estos? —Señalas uno de los pinos que hay detrás de los columpios, las siluetas que contrastan contra el mar oscuro y reluciente.

Creo que Jack no ha trepado a ningún árbol aún. Me miran para pedirme permiso y yo asiento, por lo que echan a correr hacia donde estás. Ambos te toman de la mano. ¿Te sorprenderá que lo hagan? Jack se pone a dar saltitos. Se sienten cómodos en tu presencia. Lo normal es que se muestren más tímidos con otros hombres, con todos menos con su padre.

Escoges un árbol. Yo me quedo abajo y vosotros tres subís. Tengo que levantar a Jack para que pueda apoyar los pies en la primera rama, pero luego sube y sube como si fuese un monito.

—¿Subimos más? —les preguntas.

—¡Más arriba! —exclaman mis hijos.

Oigo crujidos y ramitas que se rompen, pero entonces te detienes antes de que tenga que pedirlo y los niños suben hasta donde estás y no más.

—¿Mami, aún nos ves? —pregunta Jack. Se ha puesto a horcajadas sobre una rama gruesa y la acaricia como si fuese un caballo. Si se resbala, no tendré problema en atajarlo.

—Uf, apenas —contesto.

Los tres me miráis desde arriba, con las suelas de las deportivas balanceándose. Les cuentas la historia de Dafne, que huía de Apolo en medio del bosque, y que corrió y corrió hasta pedirle ayuda a su padre, un dios del río. Pero que este hizo que sus brazos se tornaran ramas y sus pies, raíces. Apoyas la manos sobre el tronco del árbol.

—Y así, durante unos pocos segundos —les cuentas—, Apolo pudo notar los latidos de su corazón a través de la corteza.

Los niños apoyan la palma sobre el árbol, imitándolo.

Una ardilla se lanza de un árbol que hay cerca hacia una rama más alta, baja la vista y salta sorprendida. Los tres os echáis a reír y las agujas del árbol se sacuden.

¿Cuánto sabes? ¿A qué has venido?

Los tres bajáis del árbol.

—Yo he llegado a hacer once —va diciendo Harry.

—¿Once? ¡No me lo creo! —le dices.

—Yo, nueve y medio —aporta Jack.

—¿Y medio? —repones—. Tengo que ver cómo es ese medio.

Entonces os alejáis demasiado como para que pueda oíros, corriendo hacia el agua y dando saltos por la orilla cubierta de hierba. Cuando llegáis a la arena húmeda, los tres os paráis para buscar y escoger piedras planas.

Un perrito melenudo, apenas más grande que una ardilla pero mucho más rápido, se pone a correr a mi alrededor, soltando ladridos.

—¡Fabio!

Una anciana se nos acerca desde el parque con una correa muy delgada.

—Perdonad. Ha salido corriendo en cuanto he abierto la puerta del coche.

Fabio deja de moverse cuando su dueña se agacha para ponerle la correa. Incluso ladea el cuello para facilitarle el trabajo.

—Qué mono —le digo.

La mujer se endereza y contempla el mar.

—Lo mismo digo —dice mirando a mis hijos.

Los vemos pasear por la playa, con su melena espesa y su cuerpo delgado. Te muestran cómo hacen saltar las piedras, echándose para atrás con un pie, agachándose y lanzando las piedras planas sobre la superficie justo como les ha enseñado Silas. Jack pega saltitos sobre la arena. Harry sacude el brazo sobre la cabeza. Tú lo intentas y sueltas un grito emocionado por la sorpresa antes de agacharte para chocarles los cinco.

—El padre también es muy mono —opina la mujer.

—No es su padre. —Me arrepiento de inmediato de lo borde que sueno, pero ella no parece afectarse.

—¿Estás segura?

Me echo a reír. Las tres cabelleras oscuras siguen buscando rocas planas.

—Hacía años que no lo veía.

Veintiuno, para ser más exactos.

—Ah.

—Eso.

Me encanta lo rápido que captan las cosas las mujeres.

Otro grito desde la playa. Jack da una vuelta de celebración y me hace señas para que me acerque. Acaricio a Fabio entre las orejas y marcho hacia ellos.

En el trayecto de vuelta a casa, les entra sueño a los niños. Me cuentas sobre un libro que leíste en invierno, una novela sobre Islandia y unas ovejas. Silas ha aparcado detrás del coche que has alquilado y que has dejado en la entrada, por lo que yo dejo el mío en la calle. Otis, uno de los amiguitos de Jack, mete la cabeza por la ventana abierta del lado del copiloto.

—¡Es hora de los cráteres! —anuncia, antes de reparar en que te tiene a pocos centímetros de la cara—. ¿Y este quién es?

Pero no espera a que contestes. Les mete prisa a Harry y a Jack para que bajen del coche y salen corriendo hacia su jardín, que queda justo al lado.

—¿Cráteres? —me preguntas.

—Es un juego que se han inventado. Creo que lo juegan en la luna.

De camino a casa, te paras en tu coche y sacas la mochila del asiento de atrás. Es la misma de color verde que llevaste a París y ahora la has traído a Maine. Verla me deja sin palabras, me entran ganas de pedirte que la dejes en el coche. Me arrepiento de haberte ofrecido que te quedases en mi casa durante tu viaje por la costa para visitar a unos amigos.

Silas y yo nos mudamos aquí desde Massachusetts antes de que naciera Harry. Vendimos nuestro pisito diminuto en Cambridge por más de lo que nos costó esta casa de tres habitaciones en Portland. Es vieja, de techos no muy altos, con el yeso de pelo de caballo asomándose entre las juntas y los restos de una letrina de madera en el armario de la planta de abajo.

Me sigues por el porche lateral y entras después que yo. Los perros se resbalan por el entarimado de la cocina en su afán por ir a olisquearte. Te agachas para dedicarles tu atención al cien por ciento.

—¿Y este quién es? —dices, haciendo una imitación perfecta de Otis en dirección a Nelson, nuestra *bulldog*, que acerca su carita a la tuya—. ¿Y este de aquí? —preguntas mientras Maxie, el *beagle*, azota la cola contra una silla—. No sabía que tenías perros —dice mirándome.

Me encojo de hombros. ¿Cómo ibas a saberlo?

Como si la hubiesen llamado, Lupe, que estaba escondida detrás de la estufa, se pasea por la cocina hasta apretar la frente contra tu rodilla.

—O una gata muy tristona. —La acaricias desde la cabecita hasta la cola—. Tus personajes nunca tienen mascotas.

No sé cuál de mis obras habrás leído.

Te quito la mochila y la llevo a las escaleras.

—¡Vaya! —sueltas, volviéndote hacia el salón, que está a la izquierda—. Es como volver a Breach House.

—¿En qué sentido?

—Es la sensación que me da.

Saco un par de cervezas de la nevera y te llevo de vuelta al exterior. Nuestra casa no se parece en nada a Breach House. Nos acomodamos en las viejas butacas de ratán que tenemos en el porche. Contestas a mis preguntas sobre el trabajo y yo hago lo propio. Apenas sé lo que digo. Me resulta muy raro que estés aquí, me pone de los nervios esa sensación de familiaridad que me transmites, la cadencia de tu voz, el modo en que ladeas la cabeza, cómo mueves el cuerpo, el pelo de tus muñecas y la cicatriz esa que tienes en el labio. De tanto en tanto oigo a mis hijos en el jardín de al lado, y sus voces me ayudan a anclarme en el momento. Además, una parte de mí sabe que Silas está en casa, que no ha bajado con nosotros. Y la casa es demasiado pequeña como para que no se haya percatado de que ya hemos vuelto. No sé dónde está, si es raro que no haya ido a buscarlo o si a ti te lo parece así.

Me cuentas sobre un caso en el que trabajaste durante dos años, que lo tenías casi ganado, era una demanda por corrupción contra un colegio de sordos que estaba extorsionando a sus alumnos, pero todo se fue a pique por temas de conducta sexual inapropiada de parte de tu compañero.

—Se estaba acostando con la directora del colegio —me cuentas—. Y aún lo hace, vaya. Fui a su boda el mes pasado.

Me echo a reír y cierro los ojos, deseando poder dejarlos así. La familiaridad me está matando. Cala demasiado hondo. No sé a qué has venido y ya no oigo a los niños. ¿Dónde está Silas?

Me quedé una semana en Brooklyn con Carson. Mi maleta color avena ocupaba una cuarta parte de su piso diminuto. Y cuando sonó su teléfono mientras ella estaba trabajando, no contesté. Cuando estaba en casa, me negué a hablar contigo. Carson me contó que le diste unas excusas baratas sobre los ahorros y que no era el momento, que tu amigo que trabajaba en una editorial había pasado a trabajar en una empresa de finanzas, que en Atlanta ibas a poder empezar a escribir tu novela sin problemas, algo que en Nueva York te iba a salir muchísimo más caro. Que intentaste hacer una alusión a Homero y los hilos del destino.

—¿Vas a volver por ella o no? —preguntó Carson.

Y tú no contestaste.

—Entonces, déjala en paz —te dijo, y te colgó.

Volví a casa de mi madre, en Phoenix. Me quedé cinco meses. Y nos fue muy bien, lo cual es bastante raro dadas las circunstancias. Fue mi última etapa ininterrumpida con ella antes de que muriera. Ni una sola vez cuestionó mis decisiones. Necesitaba ayuda y ella me la dio. Buscó una agencia y se sentó conmigo en su sofá mientras revisábamos sus carpetas de tres anillas llenas de personas sin nombre ni dirección, solo su profesión, descripción personal y fotografía. Escogí a la pareja que no salía mirando a la cámara, sino entre ellos. Mi madre me acompañó a las clases. No quise que me inyectaran nada. Cuando me puse de parto, lo único que podía mirar era a mi madre a los ojos.

—Todo irá bien —me decía, una y otra vez.

Cuando por fin todo terminó, fue mi madre quien me dijo:

—Ay, tesoro. Es una niña.

Nos dieron una hora con ella y luego nos tocó despedirnos. Nunca fue mía, eso fue algo que siempre tuve clarísimo. No podía quedármela.

Para mis adentros, la llamo Daisy.

En ocasiones me visita, más como una sensación que como un recuerdo. Algo cálido, sin pizca de arrepentimiento. Aunque hay muchas cosas que me preocupan en la vida, ella no. De algún modo sé que está bien.

Nos quedamos sentados en el porche, bebiéndonos la cerveza.

—Tienes toda una vida hecha aquí, ¿no?

—Pues sí. Imagino que tú también.

—No, la verdad. —Bajas la mirada y te frotas los tejanos.

El gesto me hace recordar un audiolibro en casete que tenía de *Mientras agonizo*, de William Faulkner. Lo escuchábamos mucho en tu coche. «Anse se frota las rodillas». Era nuestra cita favorita: «Anse se frota las rodillas». La repetimos muchas veces durante meses, sin que viniera a cuento. Y por un segundo me da la impresión de que vas a decirla, y quizás así es, pero Silas aparece por el camino de la entrada.

Había salido a correr. Es algo que suele hacer después del trabajo. No sé cómo se me ha olvidado.

Está acalorado y sudoroso. Sube los escalones de dos en dos y en una situación normal le daría un beso y un abrazo y él intentaría apretujarme contra su camiseta empapada de sudor y yo haría como que me da asco, pero, como estás aquí, nos entra la vergüenza. Voy a darle un beso y él, un abrazo, de modo que mi barbilla choca contra su oreja.

Vosotros os estrecháis la mano. Te vuelves a sentar y Silas se apoya en la barandilla y te pregunta qué tal el viaje desde Logan, a quién vas a visitar por la costa.

Con la excusa de que tengo que ponerme con la cena, me escabullo.

Estaba estudiando el posgrado en Pensilvania tres años después cuando me sonó el teléfono muy tarde una noche.

—Ivan ha muerto —me dijiste.

Había muerto esa misma mañana. Me fue imposible colgar, así que te escuché. Ivan había contraído una infección que le había destrozado los intestinos en cuestión de pocas semanas. Sam y tú habíais estado con él, acompañándolo en el hospital. Al final, os turnabais para leerle Joyce, Shakespeare, Dylan Thomas.

La llamada duró tres horas. En algún momento te pusiste a leerme algunos de los pasajes que le habías leído a Ivan. Luego leíste algo que te recordó a mí, según me contaste. Una parte de *Viaje al fin de la noche*, de Louis-Ferdinand Céline. El narrador recordaba cómo se había despedido de una chica llamada Molly, en una estación de tren. No se había despedido como correspondía, no había sabido valorar su tiempo juntos. Y fue precioso. Lleno de remordimiento. Había una parte en la que hablaba sobre que la había besado, pero no de la forma correcta. He intentado buscar ese pasaje del libro muchas veces, pero no ha habido suerte.

Aunque me leíste esas líneas, no me dijiste nada más y yo tampoco te lo pregunté. No hablamos sobre nuestro final. No te conté que habíamos tenido una hija ni que no podía escribir ninguna historia en el posgrado que no tuviese a un bebé en ella.

Ese invierno me llamaste unas cuantas veces más. Me preguntaste si podríamos quedar en primavera y me negué. Dios, no sabes las ganas que tenía de verte durante ese invierno en Pensilvania, lo sola que me sentía. Esas llamadas reavivaron todo el amor que te tenía, todas las heridas. Pero no podía entregarte mi corazón una vez más. Así que di las gracias cuando no me volviste a llamar.

Al año siguiente me llegó un poema por correo. Un poema de D. H. Lawrence copiado en boli azul sobre una hoja de libreta amarilla.

«El elefante, enorme y antiquísima criatura, es lento para aparearse», rezaba el poema. Y «espera a que en su amplio y cauteloso corazón, poco a poco, se encienda la emoción».

Pero yo de elefante no tenía nada. Mi corazón nunca había sido cauteloso. Así que lo rompí en mil pedazos.

Silas y tú os quedáis en el porche. Me alegro de tener la cocina solo para mí, de tener un descanso de tus comentarios desatinados. El ambiente en Breach House estaba recargado, como en la típica casa de abuela, congelada en 1957. Nuestro hogar, lleno de niños y mascotas, no se le parece en nada. Silas se ríe. El escrutinio al que lo sometas no le afectará. Puede que lo note, pero pasará por completo del veredicto. Una vez, cuando nos marchábamos de una cena con una pareja que no conocíamos bien, oímos la voz de uno de ellos por una ventana abierta, que decía: «¿Y bueno? ¿Qué te han parecido?». Yo ralenticé el paso para oír la respuesta, pero Silas tiró de mí hacia el coche. No quería saberlo.

Vuestra conversación parece animada, al menos lo que me llega a través de la puerta mosquitera. Sazono los muslos de pollo y los meto en el horno. Corto los espárragos y los pongo a hervir. Te veo entrar y pasar por el salón, en dirección al baño. Cuando sales, te detienes en el umbral y me preguntas si necesito ayuda. Yo te despacho de vuelta al porche con otra cerveza. Mientras pongo la mesa, os oigo hablar sobre *El hombre invisible*. Debes de haberle preguntado a Silas por el plan de estudios que dará en otoño. Llamo a Silas para que vaya a buscar a los niños en casa del vecino y ambos cruzáis el jardín. Diez minutos después, volvéis todos. Harry y Jack te explican las reglas de Cráteres.

—Pero ¿por qué no podéis entrar y sacar las tres rocas desde el principio y así ya ganáis? —inquieres.

—Porque solo un bando sabe dónde está el cráter.

Abres mucho los ojos.

—¿Y el cráter cambia de ubicación?

—¡Exacto!

—¿Y de tamaño?

—¡Exacto!

—Alucinante —repones.

Nos sentamos a la mesa y tú te acomodas entre ambos niños. Jack le va dando golpecitos a la silla de pura emoción. Le caes bien.

—Menudo banquete —comentas—. ¿Esto es lo que cenáis todas las noches?

—Sip —contesta Harry.

Me ha dado tiempo mientras todos estaban fuera para preparar un poco de salsa holandesa.

Jack te pasa el cuenco de salsa.

—Tienes que probarla. Está buenísima.

Me sonríes ante el elogio. Conoces mis salsas, pues las aprendí todas en París. Sin molestarte en probarla, te la sirves sobre todo lo que hay en el plato y eso hace que todos se echen a reír. Te pones a cortar el pollo y sé perfectamente cómo vas a comerlo, con el tenedor en la mano izquierda y el pollo con el espárrago y la salsa encima, todo apilado.

Durante algunos minutos, lo único que se oye es el ruido de los cubiertos sobre los platos. No eres el único que traga en lugar de comer.

—¿Por qué hay una foto de Crested Butte en el baño? —preguntas—. Silas, ¿eres de allí?

Este sonríe y niega con la cabeza.

—Papá la invitó a salir —te cuenta Harry—, pero en lugar de ir a verla se fue conduciendo a Crested Butte.

—¿En serio?

—Luego le mandó esa postal y mamá lo perdonó.

—¿Una postal? ¿Y ya está?

—Sí, y más que nada le habla sobre un perro que vio en una tienda.

—Mira tú.

—¿Tú estás casado? —te pregunta Jack.

—No, señor. Sigo soltero.

—¿Y tienes a alguien especial? —quiere saber Harry, usando un término que acaba de aprender.

—No de momento. —Das otro bocado—. Pero ¿queréis que os cuente que me pasó una vez, en una cita?

Los niños asienten, entusiasmadísimos.

No se me ocurre qué podrías contarles.

—Pues invité a salir a una señorita muy agradable y correcta. Compartimos una cena muy agradable y, al acabar, le pregunté si quería que fuésemos a la librería que había al otro lado de la calle. Era una de esas muy grandes, no de las pequeñitas y monas que tenéis por estos lares. Ella se mostró de acuerdo y para allá fuimos. Entonces, ni bien cruzamos la puerta, había una mesa de novedades con montañas y montañas de un único libro y junto a ellos había un póster gigantesco de... ¿Adivináis de quién? —Unos segundos después, ladeas la cabeza en mi dirección.

—¿De mami? —termina Harry.

—Qué va —repongo yo.

—Juro que no miento. Acababas de ganar el premio ese. Y entonces la chica con la que estaba dice: «Ay, me encantó ese libro».

—A lo mejor visteis un folleto. Una de esas fotocopias.

—Que era un póster gigante, te digo.

—¿Y se lo contaste? —quiere saber Jack.

—¿Que conocía a vuestra madre? No. Me quedé mudo.

—¿Y volviste a salir con la chica?

—No volví a verla nunca más.

—¿Tienes trabajo? —pregunta Harry.

—Sí.

—¿De qué?

—Es muy aburrido, la verdad.

A los niños eso les parece divertidísimo.

—Pero ¿qué haces?

—Litigo.

—¿Y eso qué es?

—Me paso meses, a veces hasta años, intentando demostrarle a un juzgado que dos y dos son cuatro. Y, al final, el juez se limita a decir: «¿Sabes qué? No. Me temo que dos y dos son seis y medio».

—¿Por qué?

—Porque así son las leyes.

—Nosotros estamos a punto de perder a una de nuestras mejores docentes a manos de la Facultad de Derecho —comenta Silas—. Quizá podrías convencerla de que su sueldo miserable en realidad es toda una bendición, aunque no lo parezca.

—Yo, encantado. Aunque la Facultad de Derecho estuvo bastante bien, la verdad. Lo que viene después es la parte desagradable.

Cuando terminamos de cenar, los niños recogen los platos y Sam saca el helado y una tarta de ruibarbo y fresas que debe de haber comprado junto a los espárragos. Los niños se muestran sorprendidos por el postre y yo le sonrío a mi marido. Es un gesto muy tierno para celebrar una ocasión especial.

Harry no tarda nada en zamparse su porción. Le gusta dibujar cuando acabamos de cenar, es parte de nuestro ritual. Luego Jack escoge un juego.

Lo observas desde el otro lado de la mesa.

—Es obvio que Harry va a ser artista. —Te vuelves hacia Jack—. ¿Y tú qué, pequeñajo?

—Yo quiero ser atleta olímpico.

—¿De qué deporte?

—Aún está por ver.

Te ríes ante su forma de responder.

—Bueno, todavía tienes tiempo.

Contemplo a Harry dibujar un árbol. De algún modo sabe cómo hacer las sombras. Pasa a llenar el tronco, a hacer más sombras. Me inclino un poco y veo que ha dibujado un rostro justo por debajo de donde las ramas se dividen.

—¿Cómo se llamaba? —pregunta sin alzar la cabecita.

—Dafne —respondo.

Jack se inclina sobre ti para ver el dibujo.

—Es genial.

Harry lo arranca de su libreta y te lo entrega.

—Puedes quedártelo si quieres.

—¿En serio? —Bajas la vista al dibujo y, por un instante, veo a tu yo del pasado, al que era más expresivo, lleno de sentimientos. Tu nuevo yo es más reservado, de reacciones calculadas—. Muchas gracias.

Seguramente a ti te resulte igual de confuso que a mí el que estés aquí.

Jack lleva nuestros cuencos al fregadero y deja una baraja sobre la mesa.

—¿Qué toca jugar hoy?

—¿Te molesta si echamos una partida? —te pregunto.

—Para nada, jugar a las cartas está muy bien —contestas, y me queda clarísimo que llevas mucho tiempo sin jugar.

Te echas a reír al ver las manitas de Jack cortar la baraja, entremezclarla y volverla a juntar de forma impoluta.

—Tenía que ser hijo tuyo para barajar así de bien siendo tan pequeño —comentas.

Hemos tenido una racha de Rummy 500 todo el verano, así que Jack me sorprende cuando propone:

—¿Sir Hincomb Funnibuster?

—No, que tardamos mucho explicándolo —repone Harry.

—Pero puedes hacer un cuadro —argumenta Jack.

—Me sé las reglas —interpones.

Los niños no te creen. Nadie que no sea de nuestra familia ni siquiera ha oído hablar sobre el juego. Insistes en que sí que sabes, y ellos te piden que lo demuestres al nombrar a una familia entera.

Sonríes. Te encanta que pongan a prueba tu memoria.

—Vale. —Miras a Silas—. Sir Hincomb Funnibuster.

Los niños asienten.

Me miras.

—La mujer de Sir Hincomb Funnibuster.

Te vuelves hacia Harry.

—El primogénito de Sir Hincomb Funnibuster.

Ahora hacia Jack.

—Los diez hijos de Sir Hincomb Funnibuster.

Les echas una miradita a los perros, dormidos en los sofás que están más cerca de la estufa.

—Los nueve sirvientes de Sir Hincomb Funnibuster.

Los niños se ríen y tú haces una pausa. Buscas a la gata, pero no está por ningún lado.

—El loro de Sir Hincomb Funnibuster.

—¡No! —Los niños niegan con la cabeza, muy indignados.

—Siempre se te olvida el burro —digo.

—Es cierto —me sonríes—. Siempre se me olvida el burro. —No puedo evitar devolverte la sonrisa—. Vale. El burro, el loro, los gemelos y el bebé.

—¿Cómo lo sabe? —me pregunta Harry.

—Es que nuestro amigo Ivan nos enseñó este juego hace muchos años.

—No sabía que había sido Ivan —comenta Silas.

Harry no comprende que haya habido una época anterior a él, antes de que nuestra familia existiera. Mira a su padre.

—¿Y tú no estabas?

—Yo no los conocía por aquel entonces —dice, negando con la cabeza.

Jack, que sigue barajando las cartas, no tiene problemas para asimilar esa información, pero su hermano mayor parece como si quisiera subir a su habitación y darles vueltas y vueltas a cuestiones del tiempo y el espacio durante unas cuantas horas.

Repartimos las cartas. Silas mantiene las suyas muy abajo, cerca de la mesa. Ha empezado a hacer eso últimamente, alejar las cosas para poder leerlas. Tú sueltas ese sonido pensativo que haces siempre que ordenas la mano que te ha tocado.

—Empieza el que está a la izquierda del que baraja —te informa Jack.

—Ay, perdona. ¿Silas? —Te veo la travesura en la mirada.

—Dime.

—¿Serías tan amable de cederme a Corazón el Enamorado?

—Con gusto.

Silas te pasa al rey de corazones bocarriba y te lo pone cerca, con la intención de hacer que lo toques antes de que des las gracias.

—Eso creía —repones, y haces el ademán de ir a por la carta, a lo que todos nos preparamos para gritar. Pero un milímetro antes de tocarla, añades—: Muchas gracias. —Y recoges al rey con una floritura que les arranca una carcajada a los niños—. Silas —continúas.

—Dime.

—¿Serías tan amable de darme a la mujer de Corazón el Enamorado?

—Ni pensarlo.

—Bueno, tenía que intentarlo.

Silas y yo intercambiamos una risita, Harry pregunta por qué nos reímos y ahora soy yo la que quiere subir y ponderar el tiempo y la existencia un buen rato.

Pierdo dos veces. Se me olvida lo que tienen los demás. Jack no se puede creer lo mal que he jugado. Harry y él, colorados y roncos de tanto gritar, suplican que juguemos otra ronda, pero su padre les dice que ha llegado la hora de ir a dormir. Se levantan a regañadientes y yo les doy un abrazo y un beso en su cabello acalorado. Te levantas y les dices que te irás temprano por la mañana, por lo que quizá ya no los veas, y ambos te abrazan fuerte de la cintura. Silas te dice que puede que él tampoco te vea, porque mañana tiene que dar clase a las siete.

—Ha sido un gusto conocerte después de tanto tiempo —dice Silas, dándote un abrazo breve y unas pocas palmaditas.

No quiero que se marchen a la planta de arriba, pero eso hacen.

—Es un buen hombre —me dices.

—Pues sí —repongo, en lo que voy a llenar la tetera—. ¿Te apetece un té?

—Claro.

Te apoyas contra la encimera mientras esperamos a que hierva el agua. Aún noto los nervios del juego y me entra el pánico por quedarme a solas contigo.

—¿Dirías que se parece un poco a Sam?

—¿Te estás burlando de mí?

—En la cara. Quizás en la zona de los labios. —Te aprietas un poco los labios con los dedos.

—No. Qué cosas dices.

Mi espanto te hace gracia.

—Cómo se te ocurre. —Saco las tazas del estante y las bolsitas de té de la alacena. Tengo que cambiar de tema—. Y bueno, ¿tienes alguna cita pronto?

—¿Con mi psicólogo, dices?

—Con cualquier persona.

—Ah, más quisieras. —Sonríes ante tu propia broma—. Pero no, nada nuevo bajo el sol.

En una de nuestras primeras citas, Silas me dijo que, de más joven, creía que la frase era «nada nieva bajo el sol».

—¿No estás saliendo con nadie?

—Participo en el ritual del cortejo de tanto en tanto.

—Escoges una bolsita de té y una taza—. Pero da mucho miedo, eso de buscar pareja cuando ya tienes ingresos. A las mujeres les gustan los hombres que trabajan. Los que llevan el pan a la mesa. Es como si me vieran lleno de miguitas. —Se sacude los pantalones con ambas manos—. Pero ¿qué más voy a hacer con el tiempo que tengo? Todas mis amistades han desaparecido dentro de su casa. Solo los veo si me invitan a ver un partido de alguno de sus hijos. ¿Qué le pasa al mundo con el fútbol? Está hasta en la sopa.

Le doy un golpecito a la foto del equipo de fútbol infantil de Jack que tenemos pegada en la nevera.

—*Et tu, Brute?* —me dices.

Llevamos las tazas a los sofás del salón. Ocupas uno y yo el otro. Los perros nos siguen y se sientan a tu lado. Contemplas la pared llena de estanterías que Silas y los niños montaron hace poco, durante el verano.

—No te imaginaba viviendo en una casa.

—Ya. Es un poco raro.

—Después de haber vivido en esas habitaciones diminutas. Como la de la calle Pye.

«Es más cama que habitación», me dijiste una vez.

—Y ese armario en el que dormías en París.

—*Chambre de bonne* —asiento.

—¿No la llamábamos *chambre de merde*?

—Sí, algo así.

—No me creo que no veas lo mucho que se parece esta casa a Breach House. El radiador. —Señalas nuestro radiador grande y negro, en un rincón—. Teníamos el mismo. ¿Te acuerdas? En el pasillo, frente al baño.

—Es un radiador sin más.

—Y las molduras que tenéis en las puertas, con los círculos en las esquinas. Son las mismas.

No recuerdo las molduras.

—Es de locos.

Te imagino volviendo a Atlanta y contándoselo a Sam: «Es de locos, ha recreado Breach House en Maine hasta el punto de imitar las molduras».

—No he vuelto a vivir en una casa desde entonces —me informas.

—Claro que sí. En la calle MacDougal.

—Pero ahí solo alquilaba una habitación, no me parecía que viviese en esa casa.

—Pues deberías alquilar una. O comprarla. Los que llevan el pan a la mesa necesitan una casa.

—¿Y qué haría con una casa entera para mí solito? Solo terminaría sintiéndome más solo de lo que ya me siento.

—¿Y Sam? Debes de verlo muy seguido.

—Sam está ocupado procreando como el resto de vosotros.

Te levantas para mirar más de cerca nuestros libros.

No tienes ni idea y mi cuerpo se relaja un poco. Creía que por eso habías venido.

Silas cree que debería contártelo. Y aquí tengo la oportunidad perfecta. Durante mucho tiempo no dije nada de pura rabia. Te castigué con la única arma con la que contaba, el silencio. Ahora siento que te haría más daño al decírtelo. No me parece que seas lo bastante fuerte como para resistirlo.

Te quedas mirando todos los libros que tenemos sobre Churchill (sus historias, biografías, cartas, discursos, poemas) durante un buen rato, sin decir nada.

En una mesita al lado de los estantes hay unos cuantos cuadros con fotos. Alzas el de mi madre.

—Silas me contó que murió. No lo sabía.

—Fue hace mucho.

—No hace tanto.

—Nueve años y medio.

—Me dijo que había sido muy súbito.

—Sí, se fue a Chile de vacaciones y volvió metida en un ataúd.

Hace una mueca al oírme.

—Cuánto lo siento.

—Sé que le habría gustado ese final rápido e indoloro. Encaja con su estilo, eso sí. Pero, por egoísta que sea, a mí me habría gustado poder despedirme. Decirle adiós de verdad.

Yo le hice esa foto a mi madre. Está en su porche, en Phoenix, con los ojos entornados por el sol y saludando a la cámara con la mano. En el borde de la foto, en la silla al lado de la suya, sale el cojín lumbar que me compró en mi tercer trimestre, cuando me dolía demasiado la espalda.

—¿Por qué no me llamaste? —me preguntas en un hilo de voz.

—¿Cuándo?

—Cuando murió tu madre.

—No sé.

—Supongo que para entonces ya habías conocido a Silas.

—Lo conocí seis meses después de eso. Estaba hecha mierda, pero él lo entendió.

—Ojalá me hubieses llamado.

En la planta de arriba, oigo a Silas y a mis hijos, los ruidos que hacen durante su rutina para irse a la cama, las discusiones y las risas. Uno de los dos les cuenta una historia cada noche. Silas lleva muchas noches contándoles una sobre un par de erizos. Esta semana los pobres protagonistas se han quedado varados en un témpano de hielo en mitad de la Antártida.

Te veo debatirte, con ganas de soltarme otro reproche que no tengo ganas de escuchar.

—Creo que Silas necesita un poco de ayuda con los niños. Será mejor que suba a cantarles alguna canción para calmarlos.

Asientes, pues comprendes que te estoy cortando.

—Tu habitación es la primera de la izquierda. La de la cama individual y el edredón amarillo. Es broma, es azul.

A la mañana siguiente, muy temprano, antes de que los demás se despierten, nos comemos un bol de cereales y te acompaño al coche. Abres el maletero y me das un libro, ese del que me hablaste ayer, sobre Islandia y las ovejas.

Te doy las gracias y nos damos un abrazo. Te subes al coche.

—Ve con cuidado —te digo cuando bajas la ventanilla.

—Yo, siempre.

Intercambiamos una mirada llena de cautela.

¿A qué has venido?

Esperas a que te diga algo, pero, cuando no lo hago, alzas los dedos del volante para decir adiós y das marcha atrás para salir de la entrada. Te sigo descalza hasta la acera y me despido con la mano hasta que desapareces. Luego vuelvo a casa.

Me siento en los escalones del porche para echarle un vistazo al libro de tapa blanda que me has regalado. Es tuyo, el ejemplar está un poco desgastado, con las páginas que demuestran haber sido leídas y la cubierta que ya se abre un poco. Hay un trozo de papel metido en medio, sin dedicatoria para mí ni para nadie. No es más que un párrafo, pero lo reconozco de inmediato. Es el pasaje de Céline que me leíste hace tantísimo tiempo. No sé si pretendías que lo encontrara, porque tu letra es más apresurada que en tus cartas.

Lo leo.

Nos besamos. Pero no la besé con propiedad, como tendría que haber hecho. De rodillas, para demostrar lo que siento. Siempre estaba pensando en algo más durante esos momentos, en no desperdiciar el tiempo o el cariño, como si pretendiera atesorarlos para algo especial, algo sublime que fuese a llegar después. Pero no para Molly ni para ese beso en particular.

El pasaje continúa sobre el miedo de que la vida vaya a dejarlo atrás en mitad de la noche, con todo lo que ha intentado descubrir desde hace tanto, mientras él volcaba toda su pasión en besar a Molly.

No habría tenido suficiente, lo habría perdido todo por no ser lo bastante fuerte y la vida… La vida, esa que es la verdadera amante de todo hombre, me habría engañado como hace con cualquier pobre diablo.

Lo leo muchas veces. Tú tienes tus arrepentimientos y yo los míos. Me quedo sentada en el porche un rato, pensando en las argucias que tiene la vida. Aquellas que sabemos ver y aquellas que no.

El coche de Silas aparca en la entrada. Sale con un bote de arándanos y se ve muy mono con su camisa de trabajo de manga corta.

—¿Y tu reunión?

—Será más tarde. Blake se ha presentado con estos arándanos de su granja y me ha entrado antojo de tortitas.

—A los niños les hará mucha ilusión.

Baja la vista al libro y el papel que tengo en las manos.

—¿Se ha ido?

—Se ha ido.

—Es un buen tipo.

—Él dijo lo mismo sobre ti.

—Me ha caído bien —dice Silas—. ¿No le has…?

—No se lo he contado, no.

—Algún día será.

—Sí. Puede ser.

Me extiende la mano y la acepto. Me ayuda a ponerme de pie y entramos para hacer las tortitas.

PARTE III

CAPÍTULO ONCE

Jueves

Jack siempre miente cuando se trata del dolor. Dirá que es un dos cuando es un cinco, y un cinco cuando apenas tiene fuerzas para pronunciar palabra. Si la cosa pinta muy mal, nos entregará su libro y dejará que uno de nosotros se lo leamos. Hace una semana que la cosa pinta mal.

Harry está haciendo sus deberes de álgebra en la mesa de la cocina, con los cascos puestos, y Silas prepara algo en el wok que sisea y hace que salga humo. Jack y yo estamos en el sofá que movimos para días como estos. Se apoya del todo contra mí. Preferiría leerle historias sin peligro alguno y finales felices, pero él quiere datos reales. Sostengo el libro con una mano mientras le acaricio la cabeza con la otra y leo un capítulo sobre la extinción masiva de los mamíferos en cada continente, poco después de la llegada del primer *Homo sapiens*.

—«Cuando los primeros norteamericanos marcharon hacia el sur desde Alaska, hacia las llanuras de Canadá y la zona oeste de los Estados Unidos, se encontraron con mamuts y mastodontes, roedores del tamaño de osos, manadas de caballos y camélidos, leones descomunales y decenas de especies que no se asemejan a nada de lo que tengamos hoy en día» —le leo.

Entre dichas especies están los tigres de diente de sable y unos perezosos terrestres que pesaban ocho toneladas y llegaban a medir unos seis metros. Mamíferos que, a pesar de haber vivido durante más de treinta millones de años, la raza humana acabó aniquilando para siempre en cuestión de dos milenios.

Jack lleva puesto un gorro que Claudette tejió para él, con tres imanes, uno en la frente y los otros dos en las sienes. Ha investigado mucho sobre la terapia magnética y mi hijo dice que lo ayuda. En lo que me va escuchando, se presiona con fuerza el imán de la derecha en el cráneo. Lo noto antes de que pase. Lo noto en la piel, en la de Jack, una especie de brisa y como si todo perdiera intensidad. Me parece que llamo a Silas en voz alta, aunque no las tengo todas conmigo. A Jack se le destensa el cuerpo, como si se hubiera quedado dormido, pero entonces todos los músculos se le contraen a la vez, brazos y piernas rígidos como una tabla, y yo lo aprieto contra mí mientras él se sacude y me da un cabezazo contra la mandíbula que hace que me muerda la lengua. «Estamos en el sofá», le digo. «Estamos en el sofá». Porque la última vez lo sorprendió solo en el baño. Pero ahora estamos bien. Todo va bien. Todo es electricidad y oscuridad, y Harry se ha quitado los cascos hasta dejárselos en el cuello y Silas está en el sofá con nosotros, sujetándonos a ambos y limpiándome la sangre que se me ha escapado de la boca. Entonces Jack se queda flojo entre mis brazos y abre los ojos. La escena le resulta conocida, lo pálidos que estamos, la sensación posterior. Una vez lo comparó con Pompeya, el despertar y vernos cubiertos de cenizas. Porque somos nosotros los que nos hemos quedado de piedra ahora, es él quien tiene que esperar nuestro regreso. Sus convulsiones son una respuesta al dolor, y un alivio después de este. Al menos por un par de días, su dolor bajará a dos de verdad.

—No pasa nada, estoy bien. —Levanta la cabeza despacio de mi regazo, y puedo notar las ligeras réplicas que aún le afligen los músculos. Se estira para recoger el libro que se ha caído al suelo—. Sigamos leyendo, ¿vale?

Harry se vuelve a poner los cascos y Silas nos da unos apretoncitos más antes de marcharse para salvar la comida del fuego. Intento buscar dónde me quedé en la lectura.

—Quiero que me operen —dice Jack.

Poco después de cumplir los ocho años, Jack empezó a perder el equilibrio. Nos dijo que notaba las piernas algo extrañas. Le encontraron tres gliomas en el cerebro. Aunque ya lo han operado tres veces, no han sido capaces de retirar todos los tumores. Lo que queda de tejido aún le causa dolor y es lo que provoca las convulsiones. Le hace presión sobre el tronco encefálico. Los médicos de Boston nos han sugerido que vayamos a Houston para la siguiente operación, a ver a una cirujana que se especializa en este tipo de procedimientos de alto riesgo. Llevamos cinco meses en su lista de espera.

Hablamos una vez con ella, con la cirujana. Por teléfono nos pareció brusca. Prefería hablar directamente con Jack incluso cuando éramos Silas o yo quienes hacíamos una pregunta. Hizo unos cuantos chistes malos que a Jack le encantaron. «Lamento mucho decirlo, pero no vas a poder conducir durante seis meses». Jack tiene doce años. Todo esto me da muy mala espina, pero últimamente eso es lo que pasa con todo lo que me rodea.

—Lo sé —le digo.

Sabe los riesgos. Lo ha visto todo por internet y no le importa. Está convencido de que no le pasará nada.

—Cuando te llamen, quiero ir ni bien me digan que puedo. El primer día.

En el otro lado de la sala, me suena el móvil que he dejado en el bolso. Todos intercambiamos una mirada.

Harry lo saca y lee el mensaje.

—¿Quién es Sam Gallagher?

Viernes

Silas me insiste en que vaya. A mí me sabe muy mal dejarlos, incluso si solo es durante una noche.

—Estaremos bien —me asegura, aparcando cerca de las puertas de embarque. Jack está en el colegio, por primera vez en nueve días.

—Lo sé.

Lo que me preocupa es la operación. La doctora nos dijo que puede que tuviéramos solo un día para llegar hasta Houston para el preoperatorio.

—Incluso si recibiéramos la llamada ahora mismo, podríamos estar allí el domingo.

Ya no hablamos sobre lo que nos va a costar, sobre la excedencia que ha tenido que tomarse él en el trabajo, no remunerada, ni de que yo llevo cinco años sin publicar nada.

Asiento y saco mi maleta pequeña del asiento trasero.

—Solo es una noche —me dice, dándome un abrazo fuera de las puertas giratorias—. Lo lamento mucho. —Se refiere a lo de Yash, pero lo único que siento ahora es la tristeza de tener que dejar a mi familia.

—No quiero ir —le digo, cuando aún estoy entre sus brazos, rozando con los labios los inicios de la barba que le cubre el cuello—. Detesto los hospitales.

En el avión, me aferro a la roca que me ha dado Jack. Lo hace desde que era muy pequeñito, eso de darme una roca para que me acompañe en mis viajes. Las colecciona. Esta ya me la había dado antes, tiene una pequeña abolladura. Jack dice que tiene forma de corazón, pero yo no diría tanto. Lo que sí, me encaja bien dentro de la mano. Despegamos y recuperamos la posición horizontal. Observo las nubes por la ventana. Cuando estoy en un avión, pienso en mi madre. Pienso en ella en muchos sitios, por mucho que ya haga dieciséis años que nos dejó. Si bien no llegó a conocer a mis hijos, sí que me ha ayudado a criarlos. Sé cuánto los quiere, puedo sentirlo. Hablo con ella. Le rezo. Cierro los ojos y le suplico que los mantenga a todos bien y a salvo en lo que vuelvo.

Yo puedo, pienso, mientras me llevo mi refresco de arándanos rojos a los labios.

No pasa nada, pienso, mientras avanzo con mi maleta en dirección a la salida. La compré para mi última gira literaria y casi no la he usado desde entonces. Es una de mis posesiones más elegantes, con sus cuatro ruedas muy resistentes y unas cremalleras que no se rompen. Es de color azul marino y tan fácil de maniobrar que puedo hacer piruetas con ella ante el mínimo roce. Podría huir de casa y unirse al cuerpo de ballet.

Todo irá bien, pienso, en la carretera de camino al hospital. *Yo puedo.* Reviso el móvil y veo que no tengo ninguna novedad de mi familia.

En el vestíbulo, me fallan las fuerzas. Me dejo caer sobre una butaca que da a los ascensores y la maleta se detiene, sin ganas, cerca de mi rodilla. *No, no puedo.* Los ascensores suben y bajan con sus ruidos y silbidos fuertes.

Dejo que pasen unos minutos más. Cuando me levanto y le doy al botón para subir, una puerta se abre de inmediato. No hay nadie dentro. Mi maleta da un pequeño saltito sobre la entrada por delante de mí y he de seguirla. Presiono el botón de la quinta planta.

En ocasiones el tiempo parece ofrecer resistencia, como el viento. Pasa un rato hasta que el suelo me empuja y me hace subir.

No quiero estar aquí. No quiero hacer esto. Necesito volver a casa. Vuelvo a revisar el móvil y no tengo ningún mensaje. Ninguna llamada de la cirujana.

El ascensor se sacude un poco antes de detenerse. La puerta se abre y tengo frente a mí un largo pasillo que rodea un área de enfermería. El olor me invade. Dios, cómo lo odio.

Compruebo el mensaje de Sam de nuevo y busco el número de habitación: es la 508. Intento pasar por el área de enfermería sin decir nada, pero una mujer alza la mirada del ordenador.

—¿Viene a ver a Yash Thakkar?

¿Cómo lo sabe?

Asiento.

Me señala la habitación que está en la esquina, en diagonal a donde nos encontramos. Y allí está Sam, dándome la espalda, apoyado contra una pared al lado de la puerta y hablando con varias señoras mayores. La imagen me confunde muchísimo. No parece haber envejecido, al menos no de espaldas. Tiene una cabellera castaño cobrizo muy poblada, sin señales de calvicie en la coronilla y ni una sola cana. La misma espalda recta, cintura estrecha y piernas arqueadas. Una de las mujeres alza la vista hacia mí en lo que me acerco. Sam se vuelve y se transforma en un chiquillo. Un adolescente, de la misma edad que Harry. De la habitación 508 sale otro Sam, más pequeño y más joven. Se queda allí un momento para luego apoyar la cabeza sobre el hombro de su hermano. Ambos pasan por mi lado, con expresiones acongojadas, y se alejan por el pasillo.

—Ay, Jordan —exclama la mujer, aferrándome el brazo—. No has cambiado nada.

Hace más de veintiocho años que nadie que no sea Yash me llama así.

—Soy Rosemary —me dice—. Rosemary Gallagher. —Es la madre de Sam.

—Rosemary —exclamo, de pronto conmovida al verla en el hospital.

El apretón que me da en la mano es fuerte, con sus huesos marcados y sus anillos de oro.

—Has venido.

—Jordan —dice la mujer a su izquierda, y yo reconozco su sonrisa amable. Es Paige, la madrastra de Yash. Lleva el pelo corto y noto su ropa suave y holgada cuando me abraza. El padre de Yash murió hace algunos años, y Yash y Paige se volvieron más unidos desde entonces—. Ay, le va a hacer muchísima ilusión verte.

No sé por qué se emociona tanto todo el mundo.

—Pasa, pasa —me dice Rosemary—. Ve a verlo.

Avanzo hacia la puerta, pero veo a alguien salir. Es la madre de Yash.

—Ay, cielo. Has venido. —Es tan menudita que tengo que agacharme para abrazarla. Su rostro y sus huesos parecen diminutos. La noto muy frágil entre mis brazos—. Te ha estado esperando.

Abre la puerta, pero no estoy lista. No estoy preparada para nada de esto.

La habitación es grande y está llena de gente, hombres todos. Hay unos ocho o diez en sillas, otros de pie, y todos tienen la vista clavada en la tele suspendida en el extremo más alejado de la habitación. Algo pasa y todos le gritan a la pantalla a la vez. Unos cuantos se ponen de pie de un salto. Yash está en el centro, incorporado un poco en la cama, con una gorra de los Georgia Bulldogs que aún lleva la etiqueta y gritando como el resto de los presentes.

Es el único que se percata de mi presencia y la expresión se le ilumina como hace muchísimo tiempo. Pero entonces ve que noto la cánula de oxígeno, los sueros intravenosos y el catéter de Foley que sale de un lado de la cama, y recuerda dónde estamos, por lo que su expresión se torna avergonzada.

Me extiende una mano y yo se la doy. Le doy la mano a Yash.

—No creía que fueses a venir.

—Pues claro que iba a venir.

—Pero Jack…

—Jack está bien.

Me agacho para darle un abrazo delicado, con cuidado de no mover nada de su sitio. Su madre hace que uno de los tipos se levante de una silla y la arrastra hasta donde estoy. Mi maleta se la lleva a un rincón.

—Tú siéntate aquí con él, cielo.

Hago lo que me dice y Yash me sujeta ambas manos. Desde París que no nos tocábamos así. De nuevo se produce un escándalo cuando todo el mundo le grita a la tele.

—Es el campeonato nacional de baloncesto —me explica con la misma expresión llena de alegría de antes—. Increíble, ¿verdad?

Noto como si me hubiera quedado sin voz.

—Sí, es genial —repongo. Hay tanto ruido en la habitación que no podrá oír cómo se me quiebra la voz—. ¿Cómo te encuentras?

—Bien. —Me da otro apretoncito en la mano—. Estoy estupendamente. Has venido. Todo el mundo ha venido.

Me obligo a pasar la mirada por la habitación, a identificar a Sam. ¿Me querrá dirigir la palabra? ¿Lo haré yo? Ninguno de los hombres presentes parece ser él. Brent, Arlo y Percy, el tío de Yash, me saludan con abrazos breves durante una pausa por un tiro libre. Brent contesta una llamada y sale de la habitación, tapándose la otra oreja con un dedo.

—No has llegado a ver a Bean. Se ha pasado un rato temprano, pero va a volver luego. ¿A que todo es increíble? —vuelve a decir, echándole un vistazo al caos de la habitación—. ¿Has visto eso, Jimmy? Ya te lo había dicho. Es como si ese tipo lanzara ladrillos.

Jimmy se muestra de acuerdo.

Yash se vuelve hacia mí.

—¿Te puedes creer todo esto? Tantísima gente. Es toda una bendición.

Contemplo el lugar en el que el catéter PICC se le adentra en el pecho. ¿Cuánta morfina le estarán dando? Porque «bendición» no es algo que haya oído a Yash decir nunca.

—¿Ya tienes fecha para la operación?

No recuerdo haberle hablado del tema. Que sea capaz de recordarlo, que le preocupe, hace que me suba un nudo por la garganta. Niego con la cabeza.

—Deberías estar en casa, con tu familia.

—Estoy donde debo estar. —Al decirlo, me parece más cierto de lo que creía.

Nos damos un apretoncito en las manos y clavamos la mirada en el otro un buen rato sin decir nada, como si todo esto fuese de lo más normal, este cariño tan crudo y sincero que compartimos.

La madre de Yash vuelve y me entrega una taza de té.

—¿Te acuerdas de mi hermana Sue? —Tira de la tía de Yash, que está en la puerta y parece no haber envejecido ni un día desde que la visité en Knoxville.

—Pues claro. También recuerdo el mejor pastel de pecanas que he comido en la vida. —Me levanto para darle un abrazo y le ofrezco mi silla.

Ella la rechaza con un ademán.

—No, no. Siéntate tú que eres la invitada de honor.

—Más bien una metomentodo. —Le hago otro ademán hacia la silla.

Me sonríe, negando con la cabeza.

—Gracias por venir —me dice con los ojos brillantes por las lágrimas—. Ya hablamos en un rato.

Regresan al pasillo y Yash me vuelve a tomar de las manos.

—¿Por qué todo el mundo es tan amable conmigo? —le pregunto.

No me contesta porque alguien ha metido un triple con el que culmina la remontada de su equipo.

Entra una enfermera, imagino que para mandar a callar a todo el mundo, pero en su lugar se abre paso entre todos los hombres que están de pie y en sillas y se dirige hacia el otro lado de Yash, para cambiar uno de los medicamentos, darle a algunos botones y acomodarle la cánula. Le da unos toquecitos con una de sus uñas blancas y largas al número que indica el oxígeno en el monitor de signos vitales.

—Tienes que respirar hondo o tendré que ir a por la mascarilla de oxígeno.

Yash respira hondo y el número de la máquina sube.

—Buen chico. —La enfermera se vuelve hacia mí—. No queremos que baje de los noventa, ¿vale?

Asiento, la enfermera se marcha y Yash me vuelve a dar la mano, sin apartar la vista de mis ojos.

Antes no era de los que daba la mano o te miraba a los ojos, pero, por alguna razón, no me incomoda.

—Estoy muy contento, Hink —me dice—. Te he echado muchísimo de menos.

No seguimos en contacto después de que nos visitara en Maine. O bueno, yo no lo hice. Él nos mandó una tarjeta de agradecimiento y me escribió un par de cartas. Quizá más de un par, pero desde que Jack enfermó las cosas se tornaron algo difusas. Hace como un año, me llamó para decirme que tenía cáncer. Jack se estaba recuperando de su tercera operación. Hablamos bastante durante esa primavera y ese verano. Lo puse en contacto con el oncólogo de Jack, que a su vez le recomendó a alguien de Atlanta. Yash pasó por quimioterapia y radioterapia y luego por un ensayo clínico que hizo que sus tumores empezaran a reducirse. En cuestión de unos meses, uno llegó a desaparecer del todo. Me mandó el anuncio de una casita en venta a las afueras de Atlanta y debajo escribió: «¡Este individuo que lleva el pan a la mesa se acaba de comprar una casa!».

Ese otoño me invitaron a la Universidad de Boston para hacer una lectura de uno de mis libros y echarle un vistazo al taller de ficción de los alumnos de posgrado. El taller lo daba el escritor Ray Hart. *El último otoño* había sido la primera historia de Ray Hart en ver la luz; desde entonces, había publicado dos novelas maravillosas, con doce años entre ambas. La primera la leí en Phoenix, cuando vivía con mi madre. Por aquel entonces aún no había empezado a escribir, pero cuando terminé aquella novela le dije a mi madre que iba a escribir un libro. Nunca quito ese libro de mi escritorio, para no olvidar esa sensación. A pesar de que hacía años que había dejado de viajar por trabajo, de aceptar cualquier clase de invitación, aquella no me quedaba muy lejos y tenía que ir a conocer a Ray Hart.

Esa tarde, mientras conducía hacia la Universidad de Boston, llamé a Yash. Al final, él también había terminado enamorándose de las novelas de Ray Hart y, tras releer *El último otoño*, admitió que esa también era una buena historia. Era uno de esos días de octubre, frescos y brillantes. Hasta la autopista me pareció muy bonita. Jack se había ido al colegio y yo me había arreglado y salido de casa, lista para ser una autora profesional de nuevo. Yash era la única persona que entendería exactamente cuán emocionante era ese momento para mí.

Me contestó casi al instante. Y entonces supe que algo no iba bien.

Las últimas pruebas que le habían hecho indicaban que los tumores habían empezado a crecer de nuevo. La inmunoterapia ya no estaba dando resultados. Le habían dejado de dar el medicamento, de hecho.

—¿Tras mirarlo una sola vez? ¿Y si es solo algo puntual? ¿Y si se empiezan a encoger otra vez el mes que viene?

—*Es un ensayo clínico. Si fallas una vez, no calificas.*

—¿Qué te ha dicho tu médico?

—*Que comience a dar la voz. Que será cosa de unos seis meses.*

—No. No me lo creo. Tiene que haber algo más que podamos hacer.

—*Ya.* —Oía la sonrisa en su voz—. *Ya imaginaba que dirías algo así.*

Por el ruido, parecía que iba andando y que le faltaba el aliento.

—¿Dónde estás?

—*En mi casa vacía. Aún ni me he llegado a comprar un sofá.*

—Pues necesitas un sofá.

Lo oí sentarse en algún lado.

—*Subir las escaleras es como hacer un triatlón.* —Hizo una pausa—. *Pero fuera de eso, estoy muy bien.*

Continué conduciendo a través de ese día tan reluciente en mi par de botas de ante nuevas, las que había comprado específicamente para ese día, y me sentí como si se hubiese abierto un abismo de tiempo entre nosotros. Como si yo siguiera siendo joven y él se hubiera convertido en un carcamal.

Cuando recuperó el aliento, me dijo que le preocupaban sus libros. No quería que los separaran. Entonces se le quebró la voz. ¿Estaría llorando? Yash nunca lloraba. No sabía si podría tolerarlo. Pero no se echó a llorar, solo repitió que le preocupaba que no hubiese nadie que pudiese aceptar su biblioteca entera. Aunque la idea parecía hacer que respirara peor y me entraron ganas de decirle que ya me quedaba yo con todos, no lo hice.

En su lugar, le insistí en que ya saldría un nuevo ensayo, un medicamento mejor. Le dije que iría pronto a verlo, cuando las cosas con Jack estuvieran algo más estables.

Me acerqué andando a la universidad y encontré el edificio que indicaba mi itinerario, así como el aula en la que se iba a dictar el taller. Ya había unos cuantos alumnos esperando, así que me presenté y nos pusimos a hablar sobre el programa. Ray Hart fue el último en llegar y cerró la puerta a sus espaldas.

—¿No ha llegado aún? —preguntó, y unos cuantos de los alumnos me señalaron.

—Ah, estupendo. Perdona. —Se acercó, me puse de pie y nos estrechamos la mano—. Es un placer conocerte —me dijo.

Llevaba unos cuantos libros, dos de ellos míos, como solían hacer los muchachos en la universidad, contra la cadera. Vestía unos pantalones de pana, ligeramente desgastados en la parte trasera. Por mucho que tuviera más de sesenta años, todo en él me recordaba al chico universitario de su historia.

Me ofreció la silla de respaldo alto entre todas las que había en la mesa del seminario, la que claramente era para él, pero le dije que estaba bien donde estaba. Él me sonrió y ocupó su sitio, y pude ver que les caía bien a sus alumnos, que creaba un ambiente agradable en su clase.

Empezó dándome las gracias por haber ido, que había admirado mi trabajo desde que publiqué por primera vez. Sostuvo en alto mi último libro y dijo que era una de las cosas más impresionantes que había leído en años. Sus palabras hicieron que un calorcito se me extendiera por el pecho.

—Mandé a esta clase a leerlo hace dos semanas y la bandeja de entrada se me ha llenado de algo que no suelo recibir: correos de agradecimiento. De estos jóvenes que ves aquí. Muchos de ellos me confesaron que jamás habían terminado un libro que les había encargado leer. Así que cuentas con un público encantado de escuchar cualquier detallito que quieras compartir con nosotros.

Me dedicó una sonrisa muy amable. Yo me había quedado sin palabras ante sus alabanzas, algo que no me había visto venir. No habíamos intercambiado ni una palabra hasta este momento. A mí me había invitado un comité, y todas mis interacciones habían sido con el administrativo a cargo. No sabía que había leído mis libros y él no tenía ni idea del cariño que les tenía yo a los suyos.

Le di las gracias, con la voz algo cortada por la cantidad de emociones que me habían embargado, e intenté contar la historia sobre cómo había descubierto sus obras en mis años de universitaria, pero lo que me vino a la mente fueron las páginas fotocopiadas que dejé bajo la puerta trasera de Breach House y Yash en el árbol con mis hijos, por aquel entonces todos sanos y fuertes, y Yash por teléfono, preocupado por sus libros. Y no pude controlarlo. Perdí el control de un momento a otro. Me eché a llorar en mitad de ese seminario y no pude parar. Ray Hart me miró horrorizado y no pude explicarle lo de Jack, lo de Yash, lo mucho que apreciaba sus obras y la sorpresa que había sentido al ver que él también valoraba las mías, las cuales había abandonado por completo desde que mi hijo había enfermado. Tenía una mano alzada, intentando asegurarles a todos que solo necesitaba un momento para recomponerme.

Al final conseguí hacerlo. Como intentar explicarme solo habría conseguido desatar otro exabrupto por mi parte, me puse a repetir frases ensayadas sobre mis novelas y mi proceso de escritura. Les mostré las libretas con espiral, donde había escrito mis primeros borradores en lápiz, y contesté a sus preguntas tan bien como pude. Al terminar, Ray Hart le pidió a uno de sus alumnos que me acompañara a la sala en la que iba a dar mi charla. Cuando me presentó al público una hora más tarde, no sentí la misma calidez que le había demostrado a mi trabajo hacía un rato, aunque quizás fuera mi propia vergüenza que distorsionaba las cosas. En la cena que compartimos luego, nos sentamos en extremos opuestos de la mesa y tuve que disculparme antes del postre, pues debía conducir de vuelta a Maine. En el coche me dije que le escribiría para explicarle lo sucedido y disculparme, pero al final no lo hice. Una vez que llegué a la autopista quise llamar a Yash para contarle el fiasco que había sido todo, que había echado a perder mi oportunidad de conocer a Ray Hart. Pero era tarde y no quería que supiera, al contarle lo mucho que había llorado en aquel seminario, que ya sabía que se estaba muriendo.

Algo pasa en la tele que no es bueno y los hombres de la habitación se ponen a refunfuñar.

—Menuda cola he tenido que hacer —dice alguien a mis espaldas, entrando en la habitación.

El cuerpo se me tensa antes de que mi mente tenga tiempo para procesarlo.

Es Sam.

—Todos los residentes y practicantes que llevan días sin dormir necesitaban cafeína —continúa.

Me entra el impulso de apartar mi mano de la de Yash.

Con un café en cada mano, rodea la cama de Yash y va hacia el otro lado. Me percato de una silla que hay en ese rincón, con una mochila al lado. Es su sitio. No lo había visto antes. Deja los cafés en la bandeja llena de cosas que hay en la barandilla de la cama. Sin alzar la mirada, recoge las servilletas sucias, los envoltorios de las pajitas y los envases desechables y lo tira todo en la papelera que tiene detrás. Toma un pañuelo de la mesita de noche, lo humedece en un vaso de agua y limpia la bandeja, levantando los vasos de café uno a la vez para limpiar por debajo de ellos también.

Yash me aprieta la mano con más fuerza. Sabe que quiero soltarlo, que no quiero que me descubran.

—¿Qué ocurre? —pregunta Sam, alzando la vista para mirarme.

Sí que ha envejecido, pero no tanto. Tiene los mismos ojos color avellana. La misma sonrisa pequeña.

—Anda, Jordan —exclama.

Vuelve a mi lado de la cama y yo me levanto.

Cuando me abraza, lo noto temblar.

—Qué bien que hayas venido —dice.

Nos volvemos a la vez para mirar a Yash, y este nos sonríe a ambos, encantado de la vida.

Alguien encesta en la tele y la habitación se llena de vítores. Yash intenta incorporarse, lo que hace que se arranque la cánula de la nariz, y Sam y yo nos estiramos a la vez para acomodársela. Yash me vuelve a dar la mano.

—¿Quieres más hielo? —pregunta Sam, sacudiendo el vaso enorme y de plástico que tiene Yash.

—No, no. Siéntate a ver el final del partido.

Sam se sienta en su silla del rincón y echa la cabeza hacia atrás, contra la pared. Tiene la vista hacia la tele, aunque no la está mirando. En cuestión de segundos, se le cierran los ojos.

—¿Sabías que lleva durmiendo aquí una semana? —dice Yash—. Según parece lo llamé en mitad de la noche para decir tonterías. Y él supo que era el oxígeno, así que me fue a recoger en coche y me trajo hasta aquí. Dicen que me habría muerto si no hubiera venido a por mí. Todas las noches le dejan un catre allí al pie de mi cama. —Menea la cabeza, como si las palabras no fuesen suficiente. Los ojos se le llenan de lágrimas, pero las contiene—. Ha sido un muy buen amigo, Hink.

Los hijos de Sam entran y rodean la cama hacia el lado en el que se encuentra su padre. El más pequeño se abre paso entre las rodillas de él y le tira de la manga.

—Papá.

Sam se despierta de golpe y abre los ojos.

—Ya ha llegado mamá.

—Vale, vale. Id a por vuestras cosas.

—Ya estamos. —Ambos tienen una mochila a los hombros.

Sam asiente, se pone de pie y les da un abrazo. El mayor es más alto que él.

—¿Tenéis el uniforme en casa de vuestra madre?

Ambos dicen que sí y se vuelven hacia Yash.

—Adiós, renacuajos —se despide Yash.

—Adiós, rana —dice el mayor.

El más pequeño abre la boca para decir algo, pero le resulta imposible. Su carita de valentía se quiebra. Se inclina sobre la baranda de la cama y apoya la cabeza en el pecho de Yash, mientras él le acaricia el pelo.

—Mañana no podemos venir —informa el mayor.

—En ese caso, os veré el domingo —dice Yash—. No me moveré de aquí, ya lo veréis.

El pequeño se endereza.

—¿Te han devuelto tu examen de Ciencias ya?

Asiente.

—¿Y qué tal?

—Sobresaliente.

—Te lo dije. ¿Ves que te lo dije?

El niño asiente de nuevo y sigue a su hermano fuera de la habitación.

No sabía nada sobre los hijos de Sam o la relación que mantenía Yash con ellos. Siempre ha dicho que sus amigos lo abandonaban cuando empezaban a tener hijos.

Fuera, en el pasillo, el pequeño se pone a llorar.

Sam y yo intercambiamos una mirada. Con ella, intento decirle que lo siento. Que lamento que no pueda protegerlos de algo así.

—Son unos chicos estupendos —dice Yash por lo bajo.

Paige se asoma por el umbral.

—Rosemary dice que el médico que hace las rondas está empezando con este pasillo.

Las rondas. ¿No es pronto para eso? Echo un vistazo al reloj y es imposible que ya pasen de las cinco. No sé cómo se ha hecho tan tarde.

—¿Podéis poner el partido en la sala de espera? —pregunta Yash.

—Ted ya está en eso —contesta ella.

Yash se vuelve hacia Sam.

—Hora de pedirle a todo el mundo que salga.

Sam ya está de camino al mando. Le quita el sonido a la tele y todos parecen saber qué hacer. Se despiden de Yash chocándole los cinco.

Espero a que todos salgan y me levanto para hacer lo propio.

—Tú no, Jordan —me dice Sam. Y entonces añade, con más delicadeza—: ¿Podrías quedarte?

—Claro. —Me vuelvo a sentar y le doy la mano a Yash.

El médico entra seguido de un rebaño de residentes que no tardan en acomodarse en un semicírculo a sus espaldas. A Sam y a Yash no parece sorprenderles esta súbita invasión de desconocidos.

—Buenas tardes, señor Thakkar —dice el médico sin mayor emoción en la voz, en lo que comprueba algo en su iPad. De pronto, alza la cabeza y le extiende la mano—. Soy el doctor Gaucher.

Yash me suelta para estrechársela y el médico se vuelve hacia mí.

—Señora Thakkar.

Ninguno de los tres lo corregimos, me limito a estrechar su áspera mano.

—¿Cómo se encuentra hoy? —inquiere el médico, con más ánimo del que parece sentir en realidad.

—Bien —contesta Yash—. Estupendamente.

—En una escala del uno al diez, en la que uno es el nivel mínimo de dolor posible, ¿algún dolor o incomodidad?

—Ninguno. Cero —repone Yash.

Noto que está intentando complacer al médico, ganarse su ayuda al ser un paciente tan agradable, sin dolor alguno.

El médico le apoya la campana del estetoscopio en el pecho.

—Parece que respira bien.

—Sí.

—¿Y le están dando suficiente morfina? —Pasea la mirada por todos nosotros para recibir una respuesta.

Yash y Sam asienten.

—Me alegro —dice el médico, revisando su iPad—. Va todo muy bien, entonces.

¿Qué parte de todo esto puede ir muy bien?

En el otro lado de la sala, a los residentes les cuesta concentrarse. Tensan la mandíbula, cambian el peso de un pie a otro. Pasan la mirada por la habitación entera, aunque nunca sobre nosotros. En cambio, yo los observo uno a uno. ¿Qué dramas se habrán desarrollado entre ellos? Puedo notar su juventud en la sala, un campo de fuerza lleno de miedo, anhelo y confusión. Es muy intenso. Sé que no sienten nada de nuestra parte, de dos hombres y una mujer cerca de los cincuenta. Nada de lo que pasó entre nosotros o lo extraño que resulta que los tres estemos en la misma habitación en este momento.

Todos nos hemos visto atrapados en esta puesta en escena; Yash pretende que no se está muriendo, Sam y el médico hacen como que la medicina aún puede hacer algo por él y yo tengo el papel de la esposa sacrificada que no se separa de su lado.

Sam le hace algunas preguntas sobre el oxígeno, sobre los litros por minuto y un medicamento que no reconozco.

El médico se las responde todas.

—¿Algo más? —pregunta, echándole un vistazo al reloj. Varios de los residentes hacen lo mismo.

«Hay que mantenerlos estables hasta las 6:05», como dice el viejo refrán médico.

Negamos con la cabeza.

—Me alegro de ver que tiene a su familia consigo —dice el médico—. Muchos no tienen tanta suerte. —Entonces se marcha y se lleva a su rebaño.

A Sam le vibra el móvil, así que se lo saca del bolsillo.

—Es Cole.

Yash niega con la cabeza.

—¿Otra vez?

—Ahora dice que no podrá llegar hasta el martes.

—¿Y quiere saber si seguiré vivo hasta entonces?

La risa de Sam sigue siendo silenciosa.

—Algo así.

Yash se presiona un punto por debajo de la clavícula.

—Ven, toca esto —le dice.

Sam toca el lugar que le señala.

—Haz presión.

Sam hace lo que le pide.

—Es como esponjoso, ¿no te parece?

—Un poco. ¿No lo tenías antes?

—Creo que no. Ven, toca tú —me dice, abriéndose la bata azul de hospital para que tenga mejor acceso.

Hago presión donde me dice. Su pecho descubierto me sorprende. Había olvidado lo ancho que era, lo suave. Noto el lugar señalado como un globo pequeño, tenso pero no denso.

—¿Debería pedirle al médico que volviera?

—Veamos si se va por sí solo.

Sam asiente.

—¿Quieres que le pida a la manada que vuelva?

—Claro.

Sam va a la sala de espera y Yash me da un apretoncito en la mano.

—¿Has visto a mi primo Jared, el melenas? Es el nieto de Sue y Percy.

—¡¿Ese era Jared?!

—Me preocupa el chico. ¿Recuerdas que se suponía que sus padres iban a volver para llevárselo? Pues no hubo suerte. Y a mi tía Sue le ha costado lo suyo criarlo. Quiere hacer novelas gráficas. —Yash pone los ojos en blanco—. Y mudarse a Los Ángeles. Se supone que tiene un amigo con contactos. Una pérdida de tiempo, en serio. ¿Podrías hablar con él y hacer que ponga los pies en la tierra?

—¿A qué te refieres?

—A que no se entera de nada. Vive en un sueño. —Alza la mano para señalar hacia arriba—. No está siendo realista.

Y seguro que termina dejando preñada a alguna chica por ahí. —Ve el cambio en mi expresión y lo malinterpreta—. Perdona. Seguro que deja embarazada a una jovencita muy lista. Tú habla con él, porfa. Me preocupa y yo ya no puedo ayudarlo.

—Vale, hablaré con él.

—Gracias. Dile las cosas como son, cuéntale lo complicado que es vivir una vida creativa. Todos los riesgos que hay que tomar. Cuéntale sobre toda la gente que conoces, yo incluido, que no lo consiguieron.

¿Y tú qué sabrás sobre riesgos? Eso es lo que quiero decirle. Tú que siempre vas a lo seguro, Don Precauciones. Y yo te protegí la única vez que las cosas no salieron como esperabas.

Es muy desagradable eso de sentir tanta rabia contra una persona que se está muriendo.

La manada vuelve con nuevos visitantes incluidos, gente que acaba de salir del trabajo. Dos compañeros que trabajan con el alcalde, un amigo que conoció en la Facultad de Derecho, un vecino. Cedo mi silla. Aunque Jared ha vuelto a la habitación, las sillas a su alrededor están todas ocupadas. Sam me llama hacia su lado. Nos apoyamos juntos contra la pared del fondo.

Soy consciente de lo mucho que lo culpé por todo lo que sucedió entre Yash y yo. Creía que sus intentos por sabotearnos habían sido deliberados desde el inicio, que se valía de su superioridad moral para sacársela en cara a Yash y que se anotó el punto de la victoria al hacer que se mudara a Atlanta con él. Sin embargo, al quedarme de pie al lado de Sam, quien probablemente no haya salido de este edificio en más de una semana, quien no ha hecho más que mostrarse amable y agradecido conmigo desde mi llegada, puedo ver que probablemente la historia no haya sido tan sencilla.

A su lado, me siento como Jordan de nuevo. Me siento joven, como si me hubiesen hecho cruzar un portal secreto de vuelta al pasado.

—Mira.

Me entrega su móvil. En la pantalla veo una publicación en la página de Facebook que ha creado para Yash. Es una larga historia de una tal Connie sobre una vez que fue con Yash al súper cuando estaban en segundo de secundaria para buscar unos materiales que necesitaban para un proyecto y lo gracioso que fue él mientras escogían rotuladores, y que después de eso se quedó prendada por él, por mucho que Yash no se enterara de nada.

Me echo a reír y le devuelvo el móvil.

—Le llegan cosas así cada pocas horas. Todas las que se enamoraron de Yash Thakkar sin que él tuviera ni idea.

El tío Bill se levanta, lo que me deja una silla libre justo al lado de Jared.

—Discúlpame un momento —le digo a Sam antes de impulsarme para apartarme de la pared—. Yash me ha puesto deberes.

Me acomodo en el asiento vacío.

—Jared, ¿verdad? —le digo—. Seguro que no te acuerdas de mí, pero una vez jugamos al escondite inglés frente a tu casa.

—Me acuerdo. —Intenta sonreírme, pero tiene los ojos enrojecidos y le gotea la nariz—. Llevabas una coleta lateral y me llamabas «enano».

—Coleta lateral, mira tú. Menudo vocabulario. A mi marido aún le cuesta distinguir entre un vestido y una falda. —Una de las tías de Yash alza la cabeza para mirarme.

Siento como si mencionar a mi marido fuera una falta de lealtad en este lugar.

—Me dedico a dibujar, tengo que saber esas cosas.

—Yash me ha dicho que quieres hacer novelas gráficas.

—Ya he escrito dos y casi acabo con la tercera. Es una especie de tríptico.

—¿Se las has mostrado a alguien ya?

—Sí, tengo una agente. Está esperando que termine la tercera para intentar buscar dónde publicarla.

—¿Y piensas mudarte a Los Ángeles?

—Se suponía que tenía unas entrevistas en Pixar hoy y mañana, tengo un colega que trabaja ahí, pero las he pasado a la semana que viene. No ha sido problema. —Mira a Yash, quien está hablando con Sam y alguien con abrigo y corbata que acaba de entrar—. Es como un padre para mí. O un hermano. O ambos, la verdad. No podía irme.

¿Este es el chico por el que Yash se preocupa?

—Solo quiere lo mejor para ti.

—Cree que soy un fracasado.

—Claro que no.

—En serio. Cree que sueño cosas imposibles, que tengo la cabeza en las nubes y no sé poner los pies en la tierra.

—Eso es más por él que por ti. Se preocupa.

Jared asiente.

—Sé que lo hace por mi bien. Pero tengo que llegar a California. Hay una chica allí, aunque no es que estemos juntos ni nada.

—Pero piensas conquistarla.

Se echa hacia atrás e intenta buscar las palabras.

Lo espero.

—Lo más probable es que esté demasiado triste para conquistar a nadie —dice con mucho esfuerzo.

Le doy unas cuantas palmaditas en la rodilla. No tiene ni idea de lo encantador que puede resultar un muchachote melenudo que lo esté pasando mal.

—Ya verás que, cuando estés listo, va a caer rendida a tus pies.

—Pero bueno, te he pedido que hablaras con el chico, no que os volvierais amantes. —Los recién llegados se han marchado y he recuperado mi silla a su lado—. No puedo confiar en ti ni siquiera en mi lecho de muerte, ¿eh?

—A Jared le irá bien.

—¿Eso crees?

—Estoy segura.

—Ya veremos. Pienso dejarle lo que tengo, por poco que sea. Mis intentos de ahorros.

Nos quedamos en silencio un rato.

—¿Crees que pronto lo sabré todo?

Se me revuelve el estómago. No puedo devolverle la mirada, así que la clavo en nuestras manos unidas.

—Seguro que sí.

—Por fin sabré lo que pasó con el español aquel —dice.

Salí con unos cuantos chicos después de Yash y antes de conocer a Silas, pero solo le hablé de Paco. Estaba con él cuando Yash me mandó el poema del elefante.

—Te hablo sobre el español ahora mismo, si quieres.

Yash alza una mano para detenerme.

—No, no. Esperaré a escuchar la versión extendida del otro mundo. Con todos los detalles morbosos.

—Vale, pues lo reconocerás porque es el que se metía los jerséis dentro de sus vaqueros grises.

Yash se echa a reír.

—Sabía que era un ñoño.

—En su defensa, estaba muy de moda por aquella época.

—Ya, claro.

Noto que sus niveles de oxígeno han bajado, así que le acerco la cánula a la nariz.

—Respira hondo —le pido.

—«Hondo» es un término muy relativo —repone él.

Hago unas cuantas respiraciones de ejemplo. Yash me mira y me imita lo mejor que puede, con lo que su oxígeno vuelve a noventa y tres y se me queda mirando después de eso.

La intensidad de su mirada hace que me cueste devolvérsela.

—Eres preciosa, cariño —me dice.

«Cariño», una palabra que pertenece a otro universo. Me desorienta tanto que dejo de saber dónde estoy.

—Yash —lo llama su tío desde el otro lado de la habitación.

Yash pasa de él. Se ha percatado de que hay algo a lo que le estoy dando vueltas para mis adentros.

—¿Qué ocurre? —me pregunta—. Cuéntame qué pasa.

Pero el tío Percy habla más fuerte.

—A ver, tortolitos. Tenéis que decirnos qué queréis para cenar, porque mi delicado estómago ya no está para otro plato de *lo mein* de cerdo, ¿sabéis? —nos dice, dándose unas palmaditas en la barriga.

—Yo diría que ya tienes un par de cerdos enteros ahí metidos —repone Yash.

—Tengo una granja entera aquí dentro, Yashie.

Se deciden por comida italiana.

La tía Sue se ofrece a ir a buscar la comida en su coche. Jared alza el móvil y les dice que puede hacer que nos lo traigan.

—No puedes pedir comida a domicilio si estás en un hospital —repone el tío Percy.

Jared se lo explica.

—¿Cómo que Jordash? —pregunta el tío Percy.

—Door Dash —pronuncia Jared muy despacio.

—Pero si en Jordash compras ropa.

—Yo me encargo —dice Jared, sin pizca de fastidio, en lo que empieza a preguntarle a la gente qué quiere comer.

Yash me sonríe y no parece recordar la última pregunta que me ha hecho.

—Según lo veo yo, el amor en tus novelas funciona como la esperanza. ¿Por qué escogiste algo así? ¿Es eso lo que crees, que el amor es esperanza?

Estaba en un escenario en Reikiavik con mi editora islandesa, Birna Gunarsdóttir. Era la primera vez que nos veíamos, en el último viaje que hice antes de que Jack enfermara.

—La mayoría me pregunta por el sexo, no por el amor.

—Lo sé, lo he visto por internet. Pero mi pregunta es sobre el amor.

—¿Acaso el amor no es una forma de esperanza? —contesté.

—No. El amor es devastación. Es lo que te permites sentir bajo tu cuenta y riesgo, por mucho que la razón te diga lo contrario.

Iba vestida de negro, con los labios de un rojo intenso, y pude ver en su rostro que hablaba muy en serio. Tras unos segundos, se obligó a suavizar la expresión.

Había capturado la atención del público por completo.

—Cierto. Es todo lo que dices —concedí—. Solo que ¿qué sería de nosotros si no lo sintiéramos de todos modos? Creo que es la única forma que tenemos de sentir esperanza. En nuestra supervivencia, quiero decir. ¿De qué nos sirve cualquier otra virtud si el amor no está presente?

—En la literatura, el amor es una debilidad. Yago puede manipular a Otelo sin mayor problema gracias al amor que este siente por Desdémona. Anna Karenina se lanza a las vías de un tren.

—Otelo confía en Yago, no en Desdémona. La sociedad de Anna Karenina no le permite estar con Vronsky. El amor no es debilidad, es la gente la que se interpone. Son ellos los que son débiles y peligrosos, no el amor.

Con una mueca de sus labios rojos, mi editora continuó:

—He leído en varias entrevistas a lo largo de los años que *Gente independiente* es uno de tus libros favoritos. ¿Es eso cierto?

—Sí. Quizá mi favorito a secas.

Oímos un aplauso espontáneo entre el público.

—¿Por qué? ¿Por qué este libro sobre un pastor de ovejas desdichado?

—Hay ocasiones en las que uno puede recordar el momento exacto en el que lee ciertos libros, ¿verdad? El cuándo y el dónde. Un buen libro, y hablo de uno bueno de verdad, no solo nos transmite una experiencia ficticia, sino que altera e intensifica el modo en que vives la vida mientras lo lees. Y también lo preserva, como si fuese una cápsula del tiempo. —Por mucho que prácticamente todo el público fuera de Islandia y no entendieran del todo mi idioma, pude notar que sabían de lo que hablaba—. Cuando pienso en *Gente independiente*, recuerdo la brisa de verano colándose por la ventana y la manta que teníamos en la cama, y a mis hijos, que eran muy pequeños por aquel entonces. También recuerdo que Silas, mi marido, lo leyó justo después que yo y empezamos a llamarnos Bjartur el uno al otro. —El público se echó a reír de pronto y comprendí que era porque había pronunciado terriblemente mal el nombre del personaje.

A Birna también le hizo gracia.

—¿Os llamabais Bjartur? ¿Y eso?

—Era un apelativo cariñoso.

Más risas.

—Creo que esto es algo que nunca se había visto en nuestro país, el convertir un personaje tan hosco y complicado en un mote cariñoso —dijo Birna, sonriendo y meneando la cabeza—. ¿Cómo llegó este libro a tus manos? La verdad es que no es muy conocido en los Estados Unidos.

—Me lo regaló un amigo. —Por un instante, volví a estar descalza en la acera, viendo cómo desaparecía su coche.

Sabía que Birna quería seguir ahondando en el tema, pero se percató de algo y prefirió no hacerlo. Con una sonrisa, me dio las gracias por haber ido a Reikiavik y pasó a aceptar preguntas del público.

Cuando nos traen la comida, salgo de la habitación con Jared y la tía Bev para ayudar a subir las bolsas. En el vestíbulo de los ascensores, intento darle algunos billetes para ayudar a cubrir la cena, pero Jared se niega a aceptarlos. Se abre una puerta y nos subimos los tres. La tía Bev se me queda mirando. Cuando fui de visita a Knoxville, solo conocí a una de las tías de Yash, la tía Sue. No a Bev ni a Mo. Recuerdo que me comentó que una era muy amable y la otra, muy antipática. No tengo claro cuál de ellas es Bev, pero de momento me está fulminando con la mirada.

—Fuiste el amor de su vida.

Niego con la cabeza.

—Que sí, nunca se recuperó de lo vuestro —continúa—. Y, por lo que he visto en tus libros, fijo que no es el único al que hiciste caer en tus garras.

Se abren las puertas. Por Dios, de verdad espero que esta sea la borde.

Subimos la comida a la sala de espera y lo montamos todo como si fuese un bufé. Una enfermera nos trae platos y cubiertos desechables. Les preparo unos platos a Yash y a Sam y se los llevo a la habitación. Prácticamente todos los demás han ido a la sala de espera a comer. Han bajado la intensidad de la luz y apenas se oyen voces. Sam me da las gracias y me pide que vuelva con un plato de comida para mí. Yash parece encontrarse peor y no quiere comer.

En la sala de espera, la mayoría se ha servido la cena y se ha sentado en un círculo gigante en torno a la sala. En lo que me sirvo algo de comida, un hombre calvo que huele a loción de afeitar me dice que la pasta carbonara está muy bien. Le doy las gracias y me sirvo un poco en el plato.

—No tienes ni idea de quién soy, ¿verdad?

Me lo quedo mirando. Lo imagino con algo de pelo en la cabeza.

—Ay, madre. ¿EJ?

Me saluda con un gesto de su sombrero imaginario. Sé que pasó un tiempo en un hospital psiquiátrico, que se separó de Marni y que ahora tiene una nueva familia.

—¿Cómo estás? —pregunto con dificultad.

—Bien, como se puede con todo esto. Pero así es la vida, ¿no? —Se vuelve a llenar el plato—. Se nos va a ir un poco antes que el resto, eso es todo. Pero me habría gustado que hubiera tenido una vida distinta.

Yash habría dicho lo mismo sobre él.

—Está muy contento de que todos estéis aquí.

—Sí, todo el mundo se ha pasado a verlo al menos un día o dos. —Nos quedamos de pie junto a la ventana con nuestros platos—. Pero veo que a ti te ha ido bien en la vida.

Alzo mi tenedor para detenerlo.

—No me digas que fui el amor que no pudo ser.

—Pues lo dejaste, eso no se puede negar.

—Lo dejamos porque él me apartó de su lado.

EJ se encoge de hombros.

—Eso se lo hace a todo el mundo en algún momento. Pero solo es algo temporal y lo sabías.

—No. No lo sabía. Para mí fue como si le hubiese puesto punto final a nuestra historia.

Sam se nos acerca y se disculpa por la interrupción.

—¿Te importaría volver a la habitación, Jordan?

—Perdona, EJ.

—No pasa nada, ve con Yasher. Te necesita.

Sigo a Sam por el pasillo.

—Se pone así por las noches —me dice una vez que estamos fuera de la habitación—. Muy inquieto. Le he pedido a la enfermera que le diera un calmante, pero… —Alza la vista hacia el techo—. Quizá puedas entrar y… No sé, ¿cantarle un rato?

—¿Cantarle?

—Ya sabes, una de tus canciones de feria. —Me sonríe.

Es toda una sorpresa cuando la gente se acuerda de lo que recuerdas tú. Esas semanas, hace tantísimas primaveras, cuando le cantaba a Sam para ayudarlo a dormir.

—Vale. —Creo que nunca llegué a cantarle a Yash.

Me abre la puerta y entro sola a la habitación. Yash tiene una mirada llena de angustia. Cuando me siento en mi silla, me aferra con fuerza.

—No pinta bien la cosa, Hink. No pinta nada bien. —Se ha puesto a tiritar.

—Ya viene la enfermera.

—Ella no me ayudará.

—Claro que sí. Te ayudará a dormir. Respira hondo.

—No puedo. Ya no puedo respirar hondo.

—Claro que sí. ¿Conoces la respiración cuadrada?

Niega con la cabeza, pero me mira con unos ojos llenos de esperanza.

—Lo hago con Jack, lo ayuda mucho.

—¿Con el dolor?

—Sí.

—Pobre chico.

—No pasa nada. Jack está bien. —No sé si eso es cierto. No sé cómo le ha ido el día. Me he dejado el móvil en el bolso desde que he llegado—. Tú también estás bien, así que inténtalo conmigo. Respira hondo, retenlo durante tres

200

segundos, luego exhalas y esperas durante otros tres segundos. Y otra vez.

Yash respira con dificultad, con alientos cortos. Tal vez no sea lo mejor que retenga el aire.

—Mejor solo retenlo un segundo —me corrijo.

Asiente y con ese gesto me recuerda a Jack en los días malos.

Entonces me pongo a cantar. Le canto sobre barcos que salen a navegar, sobre ese amor que se fue. Yash me mira, sorprendido (¿Tú? ¿Cantando a Bob Dylan?), y yo le sonrío en lo que mi voz cobra fuerza. Ambos nos relajamos un poquitín.

Cuando les canto esa canción a mis hijos, es como contarles una historia, con montañas, diamantes y brisas occidentales. Aquí, junto a Yash, se convierte en algo distinto, en nuestra propia travesía de encuentros y desencuentros, de las veces en las que estuvimos juntos y aquellas en las que no, de cuando nos dijimos adiós.

Canto y él me aferra las manos con fuerza mientras tiembla de pies a cabeza. Llego al verso que habla sobre querer que se repita lo que hemos vivido hoy y apenas consigo pronunciar las palabras.

Hago una pausa cuando llega la enfermera con el calmante y vuelvo a cantar cuando se marcha. Es una canción muy larga y me cuesta obligarme a sacar las palabras, pues cada verso está cargado de pena y arrepentimiento. Cada imagen que evoca parece una metáfora para la pérdida. No puedo mirarlo. Me limito a clavar la vista en nuestras manos unidas. Al final, llego a los últimos versos. Y sí, hay algo que le puede traer cuando vuelva. Unas botas de cuero español. Yash tiene los ojos cerrados y ha dejado de tiritar.

—Qué bonito —dice Sam en voz baja.

Me vuelvo hacia él.

Se ha quedado en el umbral. Me ve llorando y se acerca para apoyarme una mano en el hombro, un gesto cálido y tembloroso. Nos quedamos viendo a Yash dormir.

Una trabajadora del hospital trae el catre de Sam y él la ayuda a acomodarlo a los pies de la cama. Saca unas sábanas del armario y hace la cama. Cuando se inclina, se le sube la camiseta y deja al descubierto la tira de sus bóxers azules sobre la cinturilla de sus tejanos, como siempre. Incluso antes de que se pusiera de moda.

El reloj que hay sobre el fregadero marca las 9:45 p. m. No sé cómo es posible. Se me ha pasado la hora de darle las buenas noches a Jack. Suelto a Yash, pero no se despierta. Al ponerme de pie, noto que tengo la espalda adolorida por haber estirado los brazos por encima de la baranda gran parte del día. Sam se sienta en su catre.

—¿Dormirá toda la noche? —le pregunto.

—Gran parte, sí.

—¿Y tú?

—Creo que también. —Se pone de pie—. ¿Tu vuelo sale muy temprano?

—Voy a cambiarlo. Volveré un rato por la mañana.

—Me alegro. Quizá podamos hablar un poco entonces.

Yo espero todo lo contrario, pero asiento.

—Buenas noches, Sam.

Voy a por mi maleta en un rincón y la sigo para salir de la habitación.

En el taxi, cambio mi vuelo de las seis de la mañana por uno al mediodía y le mando los detalles a Silas. Me registro en el hotel y subo a mi habitación. El pasillo es muy amplio y la moqueta, elegante. Antes de que Jack enfermara viajábamos mucho. A los niños les encantaba visitar hoteles como este, echar carreras hasta la habitación y pelearse para ver a quién le tocaba abrir la puerta. Una vez dentro, se ponían a investigar hasta el último rincón: las patatas fritas, la caja fuerte, la alcachofa de la ducha. Pedíamos servicio de habitaciones y jugábamos a las cartas sobre la cama. Siempre nos quedábamos en una sola habitación, con dos camas, y creo que esos eran los momentos en los que más feliz me sentía, cuando estábamos todos en una sola habitación.

Esta me parece muy vacía. Me pitan los oídos en el silencio. Subo la calefacción y me dejo caer en la cama con el móvil. Llamo a Silas, pero no contesta. Carson y Claudette me han escrito con un montón de emojis, para mandarme todo su amor hasta Atlanta.

Bloqueo el móvil y se queda oscuro unos segundos antes de que la pantalla se vuelva a iluminar. Es Silas.

—Sigues despierto —le digo—. Eso no es buena señal.

—*Jack está bien.*

Pero Silas no. Se lo oigo en la voz.

—*Hemos tenido un episodio algo difícil esta noche, pero ya está dormido.*

—¿De verdad? ¿O está fingiendo?

—*Creo que de verdad.*

—Ha mejorado mucho con eso de fingir que se ha quedado dormido.

—*Lo sé.*

Está agotado, se lo noto. Ha tenido que absorber todas las emociones porque no estoy allí para hacerlo. Si bien nos vamos cambiando para ayudar a Jack con su malestar, cuando nos metemos en la cama soy yo la que se queda con toda la preocupación. Al principio, era algo que me cabreaba muchísimo, que no quisiera hablarlo una vez que Jack se iba a dormir, que no quisiera escuchar o intentar calmar mi ansiedad. Al final, terminó explicándome que no podía con mis miedos por la noche, que lo aterraban y que lo único que necesitaba era dejar la mente en blanco y dormir. Ahora noto que hace todo lo que puede por no volcármelo todo encima.

—*¿Cómo está Yash?*

Tenía pensado contárselo todo, desde el miedo que he sentido en el vestíbulo hasta que el médico me ha confundido con su mujer, pasando por el haberle cantado para ayudarlo a dormir. ¿Era porque quería compartir la experiencia con él o porque quería distanciarme del día al relatarlo como una historia? En cualquier caso, estoy demasiado cansada como para saber por qué o para decir mucha cosa.

—Se ha puesto inquieto por la noche. Le ha entrado la ansiedad y le costaba respirar.

—*Qué horrible.*

—Pues sí, por eso he cambiado mi vuelo, para estar con él unas horas por la mañana.

Suelta un largo suspiro. Noto la distancia que me separa de lo mal que se pasa una de las malas noches de Jack.

—Todo irá bien, amor. Cuéntame cómo le ha ido a Harry.

—*Se ha ido a dormir temprano. Mañana tiene su examen de Biología. Creo que ha pasado algo con Briar, pero vas a tener que sonsacárselo tú.*

—¿Algo bueno?

—*Eso creo.*

—¿Qué te hace pensarlo?

—*Estaba en el móvil con esa sonrisita que tiene a veces.*

Sé a qué se refiere y es algo que me pone contenta. Lleva coladito por Briar desde hace mucho.

—*Y se fue al puente a pescar con Murphy un rato. Para probar esa caña que encontraron. Vaya, cuántas sirenas se oyen.*

—Estoy en el hotel más cercano al hospital.

—*¿Vas a poder dormir?*

—No sé yo.

—*Pero has hecho bien al ir.*

—Es mal momento.

—*Nunca iba a ser un buen momento.*

—Ya, supongo que tienes razón.

—*Te echo de menos.* —Lo oigo darle palmaditas a mi lado de la cama.

—Y yo —le digo—. Ha habido un momento hoy en el que me preguntó si iba a saberlo todo una vez que estuviera muerto y me he quedado helada, así de pies a cabeza, como si tuviera que contárselo.

—*Es que deberías* —me dice en esa voz que tiene algo cortante, su voz de profesor que tanto me fastidia.

—Silas.

—*Siempre has dicho que ibas a decírselo.*

—No, eso lo decías tú —repongo—. No sé por qué te importa tanto. Te lo conté a ti, eso es lo importante.

Se queda en silencio. Le hizo daño saber cuánto tiempo me lo había guardado; fue una época dura para nuestro matrimonio. Se lo conté porque me quedé embarazada de Harry y, aunque había mentido con el papeleo, la comadrona me echó un solo vistazo y lo supo. Así que se me hizo raro que ella lo supiera y Silas no.

—*Me importa porque te importa a ti* —dice él, tras un rato—. *Sé que es así. El impulso apremia.*

—Apremia y luego vuelve a calmarse.

—*¿No quieres olvidarlo ya?*

—Es que ya es demasiado tarde, perdí mi oportunidad. Solo haré que se enfade y se sienta dolido, no tendrá suficiente tiempo para procesarlo.

—*Eso no lo sabes.*

—Creo que podría hasta matarlo.

—*Qué va a matarlo.*

—Y luego todos se pondrán en plan «ay, esa buscona de Maine que ha venido solo para matar a nuestro Yashie», y me meterán presa en alguna cárcel de Atlanta durante el resto de mis días. —He empezado a poner acento sureño. Y este me sale de maravilla, todo sea dicho.

Se ríe, pero sé que no le hace gracia.

—*Te ha tocado esta oportunidad y no tendrás otra. Hazlo por ti. Ya lo has protegido demasiado tiempo.*

—Qué cosa más rara. Justo he pensado eso hoy, hace un rato. Que lo protegí. ¿Por qué lo hice?

—*Porque lo querías.*

—No le tenía mucho aprecio en ese momento. Estaba cabreada. Pero mucho. Quería castigarlo, a él que siempre lo sabía todo.

—*Te va a echar a perder la despedida. Deberías decírselo.*

Oigo lo cansado que está. Siento el impulso de empezar una discusión de verdad, una de esas eternas, sobre los hombres y su ignorancia sobre todo lo que vivimos las mujeres y cómo tenemos que lidiar con tantas cosas sobre las que ellos no tienen ni idea, pero que de algún modo se las arreglan para hacernos sentir en deuda. Sin embargo, es probable que solo pueda dormir unas pocas horas si Jack tiene una mala noche, y Silas es la excepción a la regla, así que lo dejo estar.

Nos deseamos buenas noches y corto la llamada.

En cuanto dejo de oír su voz me entra esa sensación que siempre siento cuando estoy lejos de mi familia, como si se estuviesen distanciando más y más, como si fuesen unas estrellas titilando a lo lejos y nunca fuese a ser capaz de alcanzarlos de nuevo. Es como una premonición del hecho de que, algún día, uno a uno, iremos separándonos los unos de los otros para siempre.

Oigo una sirena. Las horas que me quedan en esta ciudad se extienden frente a mí. Demasiado largas y, a la vez, demasiado cortas.

Sábado

Me despierto en plena oscuridad, sin que se cuelen los rayos del amanecer por la gruesa cortina, y emerjo de un sueño en el que intentaba encontrar a Harry en un restaurante para darle un mensaje. Él estaba tan pequeño que aún se sentaba en la trona. Yo lo veía a través de una ventana, pero no había puerta por la que entrar.

Echo mano del móvil para ver la hora, para comprobar cuánta noche me queda por delante, pero, antes de tocarlo, un mensaje de Yash me ilumina la pantalla.

Ven tan temprano como puedas.

Ahora mismo voy.

Diez minutos después de mandarle eso, me subo a un taxi.

El vestíbulo del hospital me parece una iglesia, cavernoso y vacío. El ascensor se abre de inmediato y me lleva a toda prisa a la quinta planta.

Yash está solo en su habitación. Sam y su catre no están. Tiene el móvil en la mano, pero la pantalla está oscura. Se ha vuelto a quedar dormido. Dejo mi maleta en su rincón y deslizo una silla hasta su lado en silencio. Cuando mi brazalete roza la baranda con un tintineo, se vuelve y me sonríe.

—Has venido. —Me toma la mano y se la lleva a su pecho, hasta cubrirla con las suyas. Aunque el estirarme de ese modo por encima de la baranda hace que me duela la espalda, no me aparto.

»Cuando el cáncer volvió, solo quería oír tu voz —me dice.

—¿Cómo que volvió?

—La primera vez fue algo sin importancia. Al menos es lo que me pareció a mí. —Menea la cabeza—. ¿Qué cosas importan en esta vida? Nadie te lo dice. Fue cosa de una intervención, un poco de radioterapia. Todo acabó en cuestión de unos pocos meses. Fue entonces que fui a Maine, cuando acabé con el tratamiento.

—No me lo dijiste.

—No tenía ningún amigo que visitar en la costa. Es que no quería morir sin haberte visto otra vez.

—Yash. —Aprieto más la mano que tengo sobre su pecho y llevo la otra hasta posarla encima.

—Me alegro de que volvamos a ser amigos —me dice, pero me mira como si hubiésemos compartido una larga e íntima vida juntos.

Sam llega con tres cafés. Una vez más, me entran ganas de apartar las manos de las de Yash.

Deja el de Yash sobre la bandeja y me muestra los otros dos.

—¿Ya bebes café?

—Si no hay remedio.

—¿Solo? —Me muestra el otro—. ¿O con leche? A mí me da igual.

—Claro que no —me río—. Dame el café con leche, Sam.

—Gracias al cielo —dice con una sonrisita. Yash tenía razón. Sí que se parece a Silas un poco en la zona de los labios.

Le da a un botón en el lateral de la cama que hace que esta suba hasta dejar a Yash sentado.

Nos bebemos el café. Sam hace reír a Yash con sus resúmenes de las publicaciones de Facebook más recientes.

Es imposible creer que se esté muriendo.

—¿Recuerdas que Ivan nos hacía comprarle un café solo para dárselo a la enfermera que le gustaba? —dice Yash.

—Mona se llamaba, sí —dice Sam.

—Siempre con sus jugarretas, hasta el último momento —añade Yash.

Sam ya ha terminado de beber y se ha puesto a juguetear con el borde de su vaso. Ya han pasado por esto, solo que ahora Sam se va a quedar solo. Sé que es eso en lo que está pensando Yash.

—¿Recordáis cuando Ivan llegaba por la mañana, se sentaba en el sofá tan pancho él con los brazos abiertos y decía «Menuda máquina fui anoche»? —comento.

—Lo imitas muy bien —dice Sam.

Poco a poco, volvemos a sumergirnos en el pasado. En el corcho que hizo Ivan sobre *Finnegan's Wake*. En la crisis que tuvo Sam con Hume. Describo lo que fue para mí entrar en Breach House por primera vez, las siluetas que había sobre la mesita cerca de la puerta, el papel pintado del baño, el cajón con las pipas en el despacho. Ninguno de los tres ha pensado en eso desde hace mucho. Tengo la precaución de quedarme en la planta de abajo, nada de habitación verde, ningún grabado, ningunas *Confesiones* en la mesita de noche.

—Y esas copas de vino tan preciosas y delgadísimas. Las usábamos cuando jugábamos a Sir Hincomb Funnibuster —digo, y Yash asiente con su sonrisa llena de morfina mientras que Sam me mira, totalmente en blanco.

—El juego de cartas. —Espero a que lo recuerde—. ¿Trébol el Policía? ¿Pica el Jardinero?

—Corazón el Enamorado —dice Yash, mirándome como si Sam no estuviese presente.

Sam lo recuerda.

Yash menciona un sitio al que íbamos a desayunar y yo niego con la cabeza.

—Íbamos muy seguido —me dice, pero parece que mis recuerdos se limitan a Breach House.

Se ponen a rememorar otros sitios, a unos amigos a los que no consigo ponerles cara.

—Recuerdo que te levantabas a las cuatro y media de la madrugada para escribir tus relatos —dice Sam.

—El mismo día de la entrega, eso seguro —digo entre risas.

—Te metías en el despacho de Gastrell y salías con una historia terminada. A mí me parecía algo extraordinario.

¿Eso hacía?

—Bueno, es que tampoco era literatura de calidad. Y vosotros dos fuisteis los primeros en hacérmelo ver.

—Tampoco estaban tan mal —dice Sam.

—¡No me cambies la historia! Si ninguno de los dos me hizo nunca un cumplido sobre ninguno de mis relatos.

—¿El del monaguillo de labio leporino? —acota Yash.

Todos nos partimos de risa.

—Esa época me dio muy fuerte por Flannery O'Connor.

—La cosa es que te estabas esforzando por convertirte en escritora —dice Sam.

—De vosotros dos aprendí todo lo que sé.

Ambos intercambian una mirada y una sonrisita.

—¡No me refiero a eso! —digo entre risas, sonrojada—. Os tomabais en serio los estudios. Yo no hasta que os conocí.

—Pero si Gastrell te llamó «una escritora de prosa innata» —dice Yash.

—¿Qué dices?

—Sí, al final de tu ensayo sobre la *Eneida*.

«Quizás algún día recordemos con gusto incluso estas adversidades». Recuerdo a Gastrell cerrando el libro y pronunciando esa cita con los ojos cerrados.

—Que no me escribió eso —le digo.

—¿Fuisteis juntos a su seminario sobre la inmortalidad? —pregunta Sam.

—¿Cómo no lo recuerdas? —me dice Yash.

—Yo siempre quise llevarlo —sigue Sam.

—Me entró un poco de envidia y todo —reconoce Yash.

—¿Porque a ti solo te calificó como el genio con la mente más versátil que había conocido en la vida? —repongo.

Yash sonríe.

—Porque quería ser un escritor de prosa innato.

—Esa clase la daba en su casa, ¿no? —quiere saber Sam.

Asiento. El sofá a rayas, nuestros pies rozándose bajo la mesita de centro.

—Sí, era un poco raro —contesta Yash.

Sam asiente. Ha ido mutilando tanto su vaso que ya parece una estrella de mar. Lo deja caer sobre la bandeja de Yash.

—Voy a por otro. ¿Alguien quiere más?

Tanto Yash como yo decimos que no.

La quinta planta sigue en silencio. Oímos sus pasos alejarse despacio por el pasillo.

—No quería perderos a ninguno de los dos ese otoño —confiesa él.

—Y no lo hiciste —le aseguro, dándole un apretoncito en la mano.

—No en aquel momento, pero a ti sí que te perdí.

—Nos perdimos el uno al otro —le digo.

—Necesito que hablemos de eso, Hink…

—Toc, toc —dice alguien en la puerta abierta.

—Ya ha vuelto Jamie —dice Yash.

—¿Cómo se encuentra, señor Thakkar? —pregunta una enfermera con trenzas y un pijama sanitario de color azul oscuro.

—Estoy perfecto.

Rodea la cama hasta situarse al otro lado y cambia una de las bolsas vacías del portasueros por una bien llena.

—¿Y tú qué tal? —quiere saber Yash.

La enfermera hace una pausa en lo que está haciendo para dedicarle una sonrisa de oreja a oreja.

—Yo también, la verdad —le dice, dándole un apretoncito en el hombro.

Con toda la práctica del mundo, le retira un tubo que tiene en el codo, introduce los contenidos de una jeringuilla hasta vaciarla, la retira y vuelve a colocar el tubo.

Cuando se marcha, veo que Sam la intercepta en el pasillo. ¿Le estará preguntando por la burbuja de aire que tiene Yash en la clavícula?

De sopetón, llega toda la familia de Yash desde el hotel. Aunque intento cederle mi silla a su madre, a Paige, a la tía Sue, todas me insisten en que me quede sentada. Se inclinan un momento sobre Yash, le preguntan cómo ha dormido, les echan un vistazo a sus niveles de oxígeno, le dan unas palmaditas de ánimo y ocupan sus lugares: los hombres en las sillas que hay en la habitación y las mujeres en el pasillo. Se acomodan como si fuesen un grupo en la oficina. Porque están trabajando ahora mismo, están de vigilia.

Yash le da un largo sorbo a su café y cierra los ojos. La habitación está llena de murmullos masculinos. El tío Bill le está contando a Jared lo que piensa sobre la gestión de las cadenas de suministro. EJ y Arlo están charlando sobre la organización de los torneos y los tiros de tres puntos, en preparación para la siguiente ronda de partidos de baloncesto.

No sé si volveré a tener un momento a solas con él.

Yash abre los ojos.

—¿Te cuento un secreto, Hink?

—Claro.

—Sé que tendrás que irte dentro de unas pocas horas, así que quería que fueses la primera en saberlo: no me estoy muriendo.

—¿No?

—Ya estoy mejorando, lo noto. Me sabe mal porque todo el mundo ha venido, pero ya no me estoy muriendo. No se lo digas a nadie aún, quiero disfrutar de esto un poquitín más. De todos los que han venido. ¿Es muy egoísta de mi parte?

—Claro que no.

—Puedo decírselo mañana.

—Vale.

—Pero gracias por venir. Nunca lo olvidaré. Con todo lo que tienes por casa. —Me mira con tanta preocupación que los ojos se me llenan de lágrimas. Me da un apretoncito en la mano—. Jack estará bien, Hink. Ya lo verás. Todos estaremos bien.

Su madre hace entrar a un nuevo visitante: traje de rayas, cabello húmedo, vaso grande de café en la mano. Le cedo mi silla, pero el individuo se aparta, dice que solo está de paso, que hace una hora que debería haber estado en la oficina, como si Yash fuese el culpable de su tardanza. Me aparto a una silla al otro lado de la habitación de todos modos.

—Marco —saluda Yash, y noto que no le cae bien.

—Hola, campeón —dice el aludido, como si estuviese hablando con un crío de ocho años—. Te echamos de menos en el trabajo. Nadie hace nada. La oficina se va a la mierda sin ti.

—Lo sé, Sebastian me dijo que estaba pensando en dimitir.

A Marco se le congela la sonrisa en la cara.

—Es broma —añade Yash.

Marco suelta un suspiro.

—No me des esos sustos, Yashman.

El tío Bill enciende la tele y la voz del presentador del tiempo ahoga la mitad de su conversación. Al acabar, la vuelve a apagar.

—Qué va, si no escribí más que unos pocos capítulos —está diciendo Yash.

—Ya lo harás.

—A estas alturas va a ser que no, Marco.

—Ya verás que sí. Lo buscaré en librerías. En cuestión de un año, lo voy a buscar en librerías. —Se mira el reloj—. Bueno, yo me voy yendo. Me alegro de verte, campeón. —Le da la mano a Yash—. De verdad que sí. —Se aleja de espaldas y, antes de marcharse, le da unos golpecitos al tirador de la puerta antes de señalar a Yash—. ¡Voy a buscar tu libro en librerías, te lo digo en serio!

Intento buscarle la mirada a Yash, pero este sigue mirando la puerta. Se le ilumina el móvil y él se inclina para leerlo.

No hay nadie en esta habitación que no tenga el móvil en la mano. Arlo está dictando algo en el suyo en voz alta.

—Eso es inaceptable. Punto. No sigas con eso. Signo de exclamación. Ya lo hablaremos cuando vuelva —Baja la voz un poquito—. Emoji de corazón.

Compruebo el oxígeno de Yash, que está parpadeando entre ochenta y nueve y noventa y uno. Me levanto y vuelvo a ocupar mi silla antes de acomodarle la cánula correctamente.

—Quiero decirte algo —empieza.

—Vale. —Acerco mi silla todo lo que puedo a su cama para inclinarme sobre la baranda.

Entrelaza los dedos con los míos.

—Quiero decirte que ya no estoy enfadado contigo.

Me río, pero él habla en serio.

—¿Cómo que ya no estás enfadado conmigo?

—Durante mucho tiempo creía que te gustaba hacerme sufrir, castigarme, tenerme al… —Hace una pausa para respirar— al pie del cañón para hacer que me disculpara una y otra vez, pero sin llegar a perdonarme nunca.

—Me acuerdo de un poema sobre un elefante. Y de un párrafo sobre Molly la prostituta. Ah, y que sepas que Céline apoyaba a los nazis, por cierto. Pero no recuerdo ninguna disculpa.

—Me disculpé muchas veces. En tantísimas cartas.

¿En serio? Porque no recuerdo nada semejante. Lo único que recuerdo son las palabras de otras personas, las ideas de otros escritas con su letra.

—¿Creías que estaba jugando contigo? —le digo.

—Me pareció muy inmaduro por tu parte que no quisieras hablar conmigo durante tres años cuando habíamos tenido lo que según yo era una relación bastante seria.

—Ah. ¿Una relación bastante seria, dices? Pero no lo bastante como para que fueras a Nueva York, ¿verdad? Más bien como para hacer que subieras al coche y condujeras en dirección contraria, ¿no?

—Ya me temía que no íbamos a poder tener esta conversación.

—No intentaste que la tuviéramos, más bien.

—Lo intenté durante años, pero tú no dejabas que me explicara.

—¿Qué quieres explicarme? Yo fui a Nueva York pero tú no.

—Tuve mis razones.

—Lo nuestro era de otro mundo.

—Lo sé.

—Y tú lo mandaste todo al cuerno.

—No, al menos no pretendía hacerlo. Me entró miedo. Fue algo temporal. Solo tenía veintitrés años.

—Yo también.

Oímos barullo en la puerta y tres mujeres entran en la habitación, quizás hermanas, todas con abrigos de plumón que son demasiado para el frío de Atlanta, con el cabello con mechas rubias exactamente igual y unas raíces oscuras que se han dejado a propósito.

—No puede ser —les dice Yash.

—Claro que sí. ¿Qué esperabas? —dice la mayor.

Rodean la cama y todas huelen a distintos productos y perfumes. Me pongo de pie y me quedo al lado de la puerta, con su madre.

Yash menea la cabeza.

—No tendríais que haber venido. —Me mira y me pide que hagamos una tregua momentánea—. Son Marni y sus niñas, Hink.

Marni. La abrazo y me quedo mirando a sus hijas, ambas adultas y con las lágrimas dejándoles manchurrones por las mejillas por culpa del maquillaje. Marni se sienta en mi silla y sus hijas se apoyan en la baranda.

—Bichitos —dice Yash, estirando su mano libre—. No os preocupéis por mí, que estoy bien. Estoy de maravilla.

Eso las hace llorar con más ganas.

No puedo ponerme a hablar de cosas insustanciales ahora. Siento los pulmones como prendidos fuego. Me escapo de la habitación y busco a Sam para preguntarle de qué hablaba con la enfermera. Como no lo veo, sigo avanzando hacia el baño. El séquito de Yash ocupa la planta entera. Brent y la tía Bev están usando el portátil en la sala de espera. EJ ha encontrado un rinconcito para hacer una llamada de trabajo y Jared y el tío Percy están en la cocina comiendo unos vasitos de ramen al lado del microondas.

Reviso el móvil en el cubículo del baño. Silas me ha enviado un mensaje: Todo bien por aquí. Que tengas un buen viaje. Besos.

Compruebo la hora y no le encuentro sentido alguno a los números.

Ya he perdido el vuelo que tenía al mediodía.

Llamo a Silas.

—*Hola*, madre —me saluda Jack, usando la palabra en español.

El sonido de su voz hace que el resto de las cosas que me dan vueltas por la cabeza desaparezcan.

—Hola, cielo. ¿Cómo va todo?

—*Todo bien*. —No parece estar conteniendo el dolor, pero hay algo que le preocupa.

—¿Qué pasa?

—*Nada*.

Espero.

—*Es que… Ya quiero acabar con toda esta intervención y olvidarme del asunto.* —Dice la palabra «intervención» como hace la cirujana de Houston. Su «intervención» era una operación de siete horas.

—Esta será la última en muchísimo tiempo.

—*Es que…*

—Lo sé.

—*No, no creo que lo sepas.*

Espero de nuevo.

—*Es como si fuese un fantasma en el insti. Justo cuando creo que podré ser un chico normal que va a clase, tengo que volver a faltar. Otis se ha echado novia.*

—¿En serio?

—*Sí.*

Espero.

—*Va con unos zapatos muy raros.*

—¿Ah, sí?

—*Como anticuados, no los entiendo. Y me estoy perdiendo muchas cosas.*

—Cosas sobre chicas, quieres decir.

—*Chicas, deportes, mis clases de español. Hoy, Alex usó una palabra que no conocía:* pájaro. *¿Sabes lo que es eso?*

—Significa «ave».

—*¡Hasta tú lo sabes!*

—Es que viví en España.

—*Me estoy quedando atrás. Y el próximo año quiero poder irme de viaje. Es parte de las clases. No tendrás ni que pagar por ello.*

—Claro que irás. Te lo prometo. —*Dios, ayúdame a cumplir esa promesa.*

—*¿Crees que es posible que los alienígenas bajen y nos metan sus pensamientos en la cabeza como si fueran un virus?*

—Ya te he dicho que no tienes permiso para ver esa serie.

—*No la estoy viendo. Otis me ha contado un poco por encima.*

Otis, el chico que le habló sobre la bomba atómica cuando iban a preescolar, sobre porno en segundo de primaria, quien nunca deja que las operaciones de Jack, su dolor o sus meses de ausencia se interpongan en su amistad. El amigo más leal, malhablado, gamberro y generoso que uno jamás podría tener.

—¿Cómo vamos de dolor?

—*Un uno.*

—¿En serio?

—*Sí.*

—¿Te has tomado la pastilla?

—*Aún no.*

—Tómatela antes de que te suba el dolor.

—*¿Cómo está Yash el Arbóreo?* —Es así como lo llaman mis hijos: Yash el Arbóreo.

—Está bien. No siente dolor.

—*¿Le han dado morfina?*

—Sí.

—*Ah, quién como él.*

No es lo que quiere oír la madre de un niño de doce años, la verdad.

—Ya volveré hoy a casa. Seguramente cuando anochezca.

—*Vale, guay. Otis me ha preguntado si quería que tuviéramos una trieja.*

—Vaya.

—*¿Sabes lo que es?*

—Ajá.

—*Le he dicho que no.*

—Creo que es lo más sensato, sí.

—No quiero tener que compartir a mi primera novia.

—Quizás a ninguna.

—Nadie sabe lo que pasará en el futuro, a lo mejor cambio de parecer.

«Nadie sabe lo que pasará en el futuro», hijo mío tenía que ser. Tengo que recordar esta conversación palabra por palabra para contársela a Silas.

—Otis me ha dicho que fue idea de ella. Me dijo que ella me iba a invitar a salir, pero que luego se enteró de que no iba a ir a clases durante un mes, así que probó suerte con Otis. Quieren venir a visitarme cuando haya vuelto de la operación.

—¿Incluso si no sois trieja?

—Sí. Ojalá se ponga los zapatos esos, así los ves. ¿Oye, mamá?

—Dime.

—¿Crees, de verdad de la buena, y no solo para no hacerme sentir mal, que podré irme de viaje a México?

—Sí que lo creo. De verdad de la buena. —Y es cierto. Es mi obligación creerlo. Estar segura de ello, con toda el alma.

—Me he olvidado de lavarme los dientes esta mañana. Y anoche.

—Deberías hacerlo en cuanto terminemos de hablar.

—Puedo notar mugre atascada por ahí. —Se está pasando la lengua por los dientes—. ¿Yash ha dicho eso de que sus dientes son como una especie de repisa para la comida?

—Sí.

—Es algo a lo que le doy vueltas.

—Sí, yo también.

—A ti te pasa mucho. Siempre tienes comida entre los dientes.

Me río.

—Es un problema, quizá debería ponerme aparatos.

—No harías algo así, ¿no?

—¿No quieres que tu madre lleve aparatos?

—Mamá.

—Podría ponerme esos invisibles, los que parece que llevas film en la boca y te hacen arrastrar las palabras así.

—Mamá.

—No lo haré. ¿Puedes decirle a tu padre que al final me iré en un vuelo más tarde? Y que volveré en taxi.

—Vale. Ahora sí que me voy yendo.

Se me escapa la risa. Está imitando a la madre de Silas.

—Ve a lavarte los dientes. Te quiero.

Me quedo en el cubículo y reservo un vuelo para la tarde.

Fuera de la habitación 508, Marni está consolando a sus hijas.

—Han tenido que ponerle una máscara de oxígeno y ya no hemos podido seguir hablando —dice.

Entonces se me acerca para añadir en voz baja:

—Dios, lo veo muy mal.

¿En serio? Yo ya no lo noto, pero asiento de todos modos.

Me da la mano. Nunca le había dado la mano a tanta gente en mi vida.

—Me alegro mucho de que estés aquí. —Comprueba la hora—. Mierda, tenemos que irnos.

—No podemos irnos sin despedirnos —dice una de las bichitos.

—Claro que no. —Marni abre la puerta y las veo desaparecer dentro de la habitación.

Vuelvo a recorrer el pasillo y me siento en el rinconcito que ha desocupado EJ. ¿Se habrá estado escondiendo de Marni? Hay dos enfermeras no muy lejos, conversando cerca de la entrada de la zona de enfermería. Hablan en voz baja sobre una tal Kelly, la cual nunca recoge la bandeja, la ve pero se niega a levantarla, la condenada. Me quedo allí sentada, paralizada y sin moverme, a sabiendas de que Marni y sus hijas están haciendo lo que yo tendré que hacer dentro de unas pocas horas. No entiendo por qué Marni ha venido solo para quedarse quince minutos. No tiene sentido. Nada tiene sentido.

Vuelvo a la habitación y veo a Yash con una máscara puesta. Sus niveles de oxígeno están a noventa y seis y Sam le está palpando el cuello.

Yash me extiende una mano.

—¿Cómo lo notas tú? —me dice, algo amortiguado por la máscara Ladea el cuello para que pueda palparlo.

El dedo se me hunde, está peor que antes.

A Sam le vibra el móvil.

—Está de camino —dice, tras echarle un vistazo a la pantalla.

—Parezco un globo —comenta Yash.

—Se lo preguntaremos al médico.

—¿Quién está de camino? —pregunto.

—Su jefe —contesta Sam.

El fiscal se nos presenta en la puerta con un traje de color gris oscuro sin la más mínima arruga. Es alto y muy apuesto. Yash dice que pretende presentarse a congresista, aunque es él quien le ha estado escribiendo los discursos. Le cedo mi silla, pero el hombre no se sienta. Le estrecha la mano a Yash, apoya los antebrazos sobre la baranda de la cama y suelta con voz como de anuncio:

—Pero qué putada.

—Sí, no es lo ideal —dice Yash, bajándose la máscara.

—Lo lamento.

—Has visto peores cosas, no mientas. ¿Cómo ha ido?

—¿Lo de ayer?

—Sí.

—Se rindió enseguida. Te robé la frase esa de que no se trata de hacer algo bueno sino de sembrar el hábito de la bondad. —Tiene una voz cautivadora.

—Puede que se la haya pedido prestada a Aristóteles.

El fiscal asiente un par de veces. Entonces le dedica una sonrisa de oreja a oreja. Su careta de indiferencia desaparece. Se agacha y le dice en un murmullo ronco:

—Nunca encontraré a alguien tan talentoso como tú, Yash Thakkar. Nadie te llegará a los talones siquiera. Ha sido todo un honor y un privilegio trabajar contigo.

—El honor ha sido mío —repone Yash.

Se dan la mano más rato del que imaginaba, pero tengo que interrumpirlos para indicarle a Yash que su oxígeno está bajando.

—Recobre la compostura, letrado, que tiene que ir a saludar a los presentes —dice Yash, volviéndose a poner la máscara sobre la boca y la nariz.

El fiscal va abriéndose paso poco a poco entre los que ocupan la habitación, presentándose y repitiendo los nombres que le dicen. A la madre de Yash la saluda con un abrazo.

—Tengo todos tus libros —me dice, al llegar hasta donde estoy y haberme presentado.

—¿A él también lo has obligado a que me leyera? —le pregunto a Yash.

Veo una sonrisa bajo su máscara nublada.

—Soy tu fan. Me encantó el de los músicos.

El fiscal continúa presentándose y Yash se lleva una mano al cuello de nuevo. Se le está hinchando. Me parece muy propio de él que se haya pasado años quejándose de su trabajo y resulte que su jefe lo adora.

—¿Tengo pinta de sapo? —pregunta bajándose la máscara.

Niego con la cabeza.

—No te creo. Seguro que parezco un sapo.

Sam me da un toquecito en el hombro y me hace un ademán para que salga de la habitación un momento con él. Lo sigo por el pasillo hasta que se detiene y se apoya en la pared, entre dos habitaciones.

—Jamie ha hablado con el médico que está de rondas y le ha preguntado sobre las burbujas de aire. Es algo llamado «enfisema subcutáneo».

—¿Por culpa del catéter PICC?

—Eso. —Me dedica una pequeña sonrisa.

Deliberamos nuestras opciones: podrían hacerle una pequeña incisión para liberar el aire o insertarle un tubo en el pecho para retirarlo. Ambos procedimientos lo arriesgan a una infección y a que tenga incluso más molestias.

Negamos con la cabeza a la vez.

—Vale, genial —dice Sam—. Es lo que creía yo también.

Se va al baño que hay más allá en el pasillo y yo vuelvo a la habitación. El fiscal se ha ido. Yash tiene la vista clavada en la ventana. Ocupo mi silla y le doy la mano. Él se vuelve hacia mí.

—No quiero discutir, cariño —me dice.

—Es lo que menos quiero —contesto, y parezco un personaje sacado de una obra de Hemingway.

—Estaba pensando en que Silas consiguió que lo perdonaras solo con una postal. Debe ser tremendo escritor.

No quiere discutir, dice.

—Pasé años intentando volver a ponerme en contacto contigo —continúa—, pero tú no me lo permitiste. Por un error que comete cualquiera, algo temporal.

—No era nada temporal.

—Sí que lo era. No pretendía que fuese nuestro final. Creía que podríamos solucionarlo.

—¿Después de que me dejaras tirada? ¿Por qué no antes de hacer que me fuera de París?

—Te llamé en Navidad, ¿recuerdas? Quería hablarlo entonces, pero no estabas por la labor.

—Ese otoño las cosas estuvieron muy complicadas.

—Hink, si tuviera cien oportunidades para hacerlo todo de nuevo, en ninguna de ellas haría lo que hice. Te quería, tienes que creerme. Es solo que me entró el pánico.

—Lo sé, una relación es un compromiso serio.

Niega con la cabeza y se baja la máscara.

—No, no es eso. O no fue solo eso. Estaba comprometido con nuestra relación. —Aunque su voz suena muchísimo más clara, las palabras salen despacio—. Estaba en el inicio de mi vida, había muchas cosas que quería hacer. Y apenas podía hacerme cargo de mí mismo. —Hace una pausa para absorber más oxígeno de la máscara—. No sabía si podría con el peso de los dos, ¿me entiendes? No me mires así, te lo ruego. Estaba sin un céntimo, igual que tú. Y tú tenías deudas. No estábamos siendo realistas. No quería terminar como mi padre, tan joven y con el peso de semejante responsabilidad. No quería que la historia se repitiera. Y no estaba seguro de si entendías las consecuencias de…

—¿Consecuencias, dices? Hablemos de consecuencias, Yash. Estaba embarazada. Para cuando me dejaste plantada en el aeropuerto, estaba de cinco meses ya.

Y es justo por esto que nunca se lo he contado. Por la desolación que le retuerce la expresión al ir comprendiéndolo todo. No quería verla. Se aparta de mi agarre.

—¿Qué...? —dice y se frustra por que no lo entienda del todo.

Sus niveles de oxígeno han bajado súbitamente. Le vuelvo a poner la máscara sobre la boca y la nariz.

—Respira —lo insto—. Tienes que respirar, cariño.

Sobre la máscara, su mirada es frenética.

Sam vuelve y rodea la cama para acomodarse en su sitio de siempre, al otro lado.

«Vete», quiero decirle. «Déjanos en paz».

Yash suelta unos cuantos sonidos que no comprendo.

—Dile a Cole que no venga —le dice a Sam, despacio y con mucho esfuerzo—. No voy a durar hasta el martes.

Sam y yo intercambiamos una mirada. Yash cierra los ojos justo cuando Jamie llega a revisarle los signos vitales.

Escapo de la habitación antes de que Sam pueda interrogarme. Vuelvo al rinconcito de antes y me siento dándole la espalda a todo. Saco el móvil del bolso para ver la hora. Tengo la pantalla llena de mensajes y llamadas perdidas de Silas, Jack y Harry, además del chat grupal de la familia. El corazón se me dispara en el pecho.

Jack ya tiene fecha para su operación de tronco encefálico.

Presa del miedo, me pongo a leer todos los mensajes. Es el miércoles. Este miércoles. Quieren que estemos en Houston mañana por la noche para empezar con las pruebas del preoperatorio el mismo lunes por la mañana. Los mensajes de Jack muestran lo emocionadísimo que está, todo en mayúsculas, con emojis de personitas bailando de alegría. Los porcentajes, las estadísticas, nada de eso le importa. Lo único en lo que puedo pensar yo es en esos pocos casos en los que todo sale mal, en los riesgos (daño cognitivo, parálisis, muerte), mientras que, para él, lo único que existe es la posibilidad de recuperar su vida.

Los mensajes que ha enviado Silas después son pura logística. Nos ha conseguido billetes para los tres, un vuelo que sale mañana desde Portland por la tarde, además de una habitación con dos camas grandes en el hotel al lado del hospital. También ha conseguido que su suplente favorito se encargue de sus clases durante la semana y que Harry se quede con la familia de su mejor amigo, Eli. Luego Harry ha escrito que esta semana no tiene nada importante en el insti y que quiere acompañarnos. Que usará sus ahorros para pagárselo. Silas dice que le ha conseguido sitio en nuestro vuelo. Jack demuestra su alegría por que su hermano nos acompañe con más emojis. Desde el principio, Harry ha lidiado con la enfermedad de su hermano fingiendo que no es real. Aunque las primeras dos operaciones fueron cerca, en Boston, se negó a ir al hospital. Pero ahora nos acompañará a Houston. Las lágrimas me invaden mientras les contesto. Si bien quiero llamar a Silas y hablar con los tres, estoy llorando demasiado y no quiero asustarlos.

—Jordan. —Sam se sienta en una silla a mi lado—. ¿Estás bien?

Le muestro el móvil.

—A mi hijo le han dado fecha para una operación importante que necesita.

—Qué alegría. —Conque Yash le ha contado lo de Jack—. ¿Para cuándo?

—Para el miércoles. En Houston. —Me seco las lágrimas con las manos—. Perdona, parece que no puedo parar de llorar. —Es como si hubiese vuelto al seminario de Ray Hart, como si todas las cosas horribles y aterradoras que pudieran pasar se me echaran encima a la vez—. ¿Te lo ha contado Yash?

—No, no quiere hablar con nadie. ¿Qué ha pasado?

—No sé si va a querer hablar conmigo de nuevo. Espero que contigo sí.

Asiente y con ese gesto me recuerda a Silas, al modo que tiene de no indagar más.

—Voy a ir a buscarnos algo de sopa.

Quince minutos después, vuelve con sopa de tomate, unos sándwiches de queso gratinado y una taza de té. Ya casi he dejado de llorar.

La comida está rica. Él también se ha comprado un sándwich de queso.

—De verdad que verte era lo último que tenía en la lista, Sam.

—Yo también me sentía un poco cortado —dice, asintiendo—. Sé que es demasiado tarde, Jordan, pero quiero pedirte disculpas. Siento mucho lo mal que me comporté.

—Yo también lo siento. No fui sincera contigo. Ni con nadie, vaya.

—Lo sabía. Probablemente antes que cualquiera de vosotros dos. Creo que una parte retorcida de mí quería ver cómo acababa todo.

Al final del pasillo, la madre de Yash está preguntando por Sam, pero él no se levanta.

—Aún te recuerdo tirada en el suelo —continúa—. En esa fiesta. No pretendía empujarte.

—Lo sé.

—Recuerdo la mirada que me echaste. Cuando pienso en que mis hijos se irán a la universidad y podrían comportarse así… —Menea la cabeza y hace bolita el envoltorio del sándwich.

—¿Aún eres creyente?

—No. ¿Yash no te lo contó?

—No, no hablábamos sobre ti. No sé nada de tu vida.

Asiente, comprendiéndolo.

—Tuve una crisis de fe tras la muerte de Ivan. Una crisis existencial, más bien. Muy explosiva. Hizo que mi matrimonio se fuera al traste, que me alejara de mis padres y mis hermanos, de toda mi congregación. Yash fue el único que se quedó, básicamente. El único que siguió a mi lado y me ayudó a superarla. También estaba sufriendo por la pérdida de Ivan y por sus propios problemas y aun así cargó conmigo a cuestas durante dos años. Quería morirme, pero él no me dejó. —Se inclina hacia mí—. No sé todo lo que pasó, pero sí sé que, desde que te conoció, lo habría dado todo por ti.

—Salvo por esa vez en la que de verdad lo necesitaba a mi lado.

—Lo más probable es que no me creas, pero cuando se presentó en mi casa esa noche, le dije que estaba cometiendo un error. Sabía lo mucho que te quería. Porque había arriesgado nuestra amistad por ti. Pero es un hombre complicado, ni ahora puedo decir que lo entienda del todo. Escogió vivir su vida solo. No es que así hayan sido las cosas, es que él lo escogió.

Oímos a la madre de Yash llamarnos, hasta que nos encuentra en nuestro rinconcito.

—Ya viene el médico —dice, cortante. Puedo ver un vistazo del enfado que Yash describió hace mucho.

Sam se levanta, pero yo no.

—¿No vienes?

—Creo que será mejor que no.

—De acuerdo. Pero no te vayas, ¿vale? ¿A qué hora sale tu vuelo?

—A las nueve.

Comprueba el reloj.

—Quédate hasta las siete y media, entonces. Sea lo que fuere que os hayáis dicho, no te vayas así. Dale un poco de tiempo y habla un poco más con él. Despídete. Decir adiós es importante.

Con eso vuelve a la habitación de Yash, y yo me quedo pensando en que quizás esta sea la conversación más larga que hayamos mantenido él y yo en la vida.

La madre de Yash se sienta en el borde de la silla en la que estaba Sam. Parece muy frágil, muy menudita. Creo que el dolor convierte a las mujeres en aves. No quiero convertirme en un ave en pleno pasillo de hospital.

—Jared ha pedido comida venezolana para cenar.

—Acabo de comer un sándwich.

—Yo tampoco tengo apetito. No puedo comer nada.

Mantiene mucha distancia con Yash. O quizás es él quien la mantiene a raya a ella. Siempre que entra en la habitación le ofrezco mi silla, pero casi nunca la acepta. Las pocas veces que sí, apenas hablaron. Le dio la mano una vez y él no tardó en apartarla. Prefiere quedarse en la puerta o en el pasillo, flanqueada por Paige y sus hermanas. Una vez, Yash me dijo que no eran de la misma especie. Que él era un ser humano y ella, un yugo de dos toneladas. En otra ocasión, tras terminar de hablar con su madre por teléfono, dijo que ella quería cosas que él no podía darle. Sam le cuenta lo que le han dicho los médicos y no sé yo si ella se queda con toda la información. Conozco bien esa sensación, ese miedo que te embota los sentidos mientras te esfuerzas por escuchar lo que dice el médico.

La tía Mo le lleva un plato lleno de arepas, arroz, alubias negras y plátano frito. El tío Percy llega desde la sala de estar con dos platos, uno de ellos para la tía Mo. EJ es el siguiente. Comen apoyados en la pared de enfrente.

La madre de Yash mueve su arroz con el tenedor de aquí para allá, pero no come ni un poco.

Brent y Bean llegan por el pasillo.

—No queremos jugar a las sardinas —dice la tía Mo, apartándose a regañadientes de su rincón para que quepan los demás—. ¿Peggy Lynn?

La madre de Yash asiente.

—¿Te acuerdas de cuando Alvin murió en este mismo hospital?

La aludida suelta un sonidito de asentimiento.

—¿Recuerdas que, unos días antes, alguien trajo una bandeja llena de aperitivos? Pero una enorme, hasta arriba de galletitas y cosas así. ¿Dónde está esa bandeja? Necesitamos una como esa para toda esta gente.

La madre de Yash se levanta sin contestarle y la tía Mo se vuelve hacia mí.

—Esperó demasiado, ¿no? Para ser que es tan listo, a veces puede ser muy bruto, ¿no crees?

—Una vez le presenté a una chica —dice Bean—. Pero solo una, porque al día siguiente ella me llamó y me dijo: «¿Quién diablos es la tal Jordan?».

EJ se aparta de la pared y se acerca con toda su estatura para mirarme desde arriba.

—¿Qué fue lo que pasó entre vosotros, si se puede saber? No se me ocurre por qué podrías haberlo mandado a pastar. Si tiene un corazón de oro. No existe nadie más leal que él.

La tía Mo ocupa el asiento vacío.

—No es fácil entender a Yashie, ¿verdad? —Baja la voz—. Creo que todo ese tiempo que pasó con Percy no le hizo nada bien.

—Su padre juraba que formaba parte de la CIA —aporta Paige—. ¿Crees que es cierto?

—En Navidad siempre me regala un libro tuyo —dice la tía Bev a mis espaldas—. Todos los años de Dios. Has escrito muchísimos.

—Si solo he escrito cuatro.

—Pues yo tengo más. Me da uno cada año.

—No me hagáis hablar del negocio de los libros, que esa industria está con un pie en el otro barrio —dice Brent—. De verdad espero que estés pasándote a los guiones. Pero bueno, que el *streaming* es el negocio del futuro, con un potencial de ganancias enorme. ¿Has visto *La fuerza de la sangre*? Ningún libro le llega ni a los talones a esa serie. Lo que le falta a la literatura es que no tenéis elementos visuales. No hay punto de comparación con ver algo en pantalla. Me vas a disculpar, pero hablando así en crudo, no se te va a poner dura por mucho que lo intentes. Me he leído un par de tus libros. O los he empezado, vaya. Se te dan bien los diálogos, tienes que lanzar a eso. Gracias al cielo que Yash nunca intentó hacerse escritor. Sabes que es a lo que quería dedicarse, ¿no? Jamás habría sido feliz con eso. Lo único que habría conseguido es volverse más ermitaño de lo que ya es.

Me disculpo y vuelvo a la habitación de Yash.

Arlo es el único que está con él, sentado en una silla a los pies de la cama. Está tocando la guitarra y cantándole una canción que reconozco: estaba en un casete que me hizo Yash cuando estaba en el posgrado y empezamos a hablar de nuevo, tras la muerte de Ivan. Era una cinta de canciones preciosas y deprimentes que tuve durante años. Silas y yo la escuchábamos en su coche, antes de casarnos. Y esta era la mejor canción de todas. Siempre lo adelantábamos hasta llegar a esta.

Me siento en mi silla. Yash tiene la máscara bien puesta y los ojos cerrados. Le doy la mano, pero no reacciona.

—Le han dado de todo —me explica Arlo, aún rasgando la guitarra—. Se estaba alterando un poco.

Le aprieto la mano con fuerza, porque quiero que despierte. Pero está sumido en un sueño profundo producto de las drogas.

Son las 7:43 p. m.

—¿Y Sam?

—Hablando con sus hijos por teléfono.

Le dejo un beso a Yash en la mano y lo suelto. Voy a por mi maleta, me despido de Arlo y me marcho.

En el Hyatt, me dan una habitación que es el reflejo exacto de la que ocupé la noche anterior. Me dejo caer sobre la cama. Tengo el móvil lleno de mensajes nuevos. Harry quiere saber dónde está el saco de dormir naranja, porque Eli y él van a dormir en una tienda de campaña esta noche. Jack le ha secuestrado el móvil a Silas y, en respuesta a un mensaje que le he mandado a su padre hace un rato preguntándole cómo le había ido el día a Jack, me ha contestado: «Jack está bien. Si tuviese su propio móvil, podrías preguntárselo directamente y enterarte de muchos más detalles».

Me vibra el móvil. Es Harry.

—*No está en el armario ni en el garaje* —me dice.

—¿Has buscado en el maletero del coche?

—*¿En el coche?*

—Lo guardo ahí en invierno, por si nos topamos con una tormenta de nieve en la carretera.

—*Pero qué rara eres. Te paso a papá.*

—*¿Solo llevas uno en el coche?* —dice Silas—. *¿Y nosotros qué?*

—Si estuvieseis en el coche conmigo no pasaría nada. Ya se nos ocurriría algo. Pero si fuese sola tendría que meterme en el saco lo antes posible.

—*¿Ya estás en el aeropuerto?* —quiere saber, y me da apenas medio segundo antes de añadir—: *No estás en el aeropuerto.*

—Voy a tener que daros el alcance en Houston directamente.

—*Te he comprado un billete para un vuelo desde aquí, con nosotros.*

—Lo sé. Voy a tener que cambiarlo.

—*Me ha costado muchísimo llegar a todo. Apenas he podido hacer que Lorraine se quedase con los perros.*

—Lo siento.

—*Ir en avión no es fácil.* —Se refiere a volar con Jack.

—Lo sé.

—*Por la presión.*

—Se lo he dicho.

—*¿Qué le has dicho?* —Sigue hablando de Jack.

—Se lo he contado a Yash.

—*Anda, bien por ti.* —Que justo él me conteste con sarcasmo es bastante cruel.

—Hemos discutido en la habitación, con un montón de gente cerca. Se lo he contado y se ha negado a hablar conmigo y ahora tengo que volver. No puedo irme así.

Silas se queda callado.

—Os veré en Houston mañana. Te lo prometo.

—*¿Todo esto es por Yash? ¿O por Jack?*

—¿A qué te refieres?

—*Eres en quien más se apoya. Nunca te ha visto dejarte llevar por el miedo. Te ve y piensa «todo irá bien».* —Respira hondo—. *No puedes fallarle ahora.*

—*¡Aquí está!* —exclama Harry, que le ha quitado el móvil a su padre—. *Te quiero, mamá* —se despide y corta la llamada.

Silas no me vuelve a llamar.

Domingo

Un haz de luz azulada se cuela por la habitación 508. Abro ligeramente la puerta. Ambos están dormidos. Sam de lado sobre su catre, con los puños cerrados bajo la barbilla y un tobillo pálido y huesudo colgando por el borde. Yash con la cabeza hacia un lado, como solía quedarse dormido al leer, con la bata de hospital deslizándose por los hombros y un montón de cables pegados a su pecho desnudo.

Ay, mi amor. Mi viejo amor.

Respira más deprisa, menos profundo. Se nota que cada vez le cuesta más.

Ocupo mi silla y le doy la mano por encima de la baranda.

Suelta un quejido ahogado al abrir los ojos y verme ahí.

—Temía que no fueras a volver —me dice, con la voz amortiguada por la máscara de oxígeno.

Niego con la cabeza.

—No podía hacer eso.

Su respiración, tan rápida y dificultosa, nos perturba a ambos.

Sam ronca en voz baja.

—¿Y Jack? —inquiere.

Sam debe de habérselo contado.

—El miércoles.

—Tienes que volver a casa.

—Me encontraré con ellos en Houston esta noche.

—Ya tendrías que estar allí con ellos.

—Quiero quedarme un ratito más.

—Entonces cuéntame —me insta—. Por favor.

Asiento.

—Vale, pero deja que… —Examino la baranda que nos separa. Encuentro el botoncito, lo presiono y la baranda baja sin problemas. Yash me da ambas manos. Así estamos muchísimo más cerca.

—Cuéntamelo todo.

Y eso hago. Le explico que no me enteré hasta principios de octubre, que intenté escribirle pero terminé rompiendo todas las cartas que empezaba, que lo llamé a casa de su padre y al trabajo y que nunca me devolvió la llamada. Que estaba de cinco semanas, que luego fueron seis y después siete. El límite para abortar en Francia era a las diez semanas, pero yo no quería hacer nada sin hablarlo con él primero y tenía miedo. Sabía que era lo que les había pasado a sus padres. Una vez me dijo que, si las leyes hubiesen sido distintas, él no estaría en este mundo. Así que no sabía cómo se lo iba a tomar. Le digo que lo quería muchísimo, que no podía pensar con la cabeza fría. No podía solo pensar en mí misma.

—Me parecía una decisión que teníamos que tomar los dos juntos, pero no conseguía contactar contigo. Para cuando hablamos en diciembre ya no parecía tener sentido. Porque ambos íbamos a estar en Nueva York una semana después. Imaginé que lo resolveríamos en persona.

Ladea la cabeza de un lado a otro. Apenas respira.

—Yash.

—Continúa. Por favor, sigue.

Le cuento que, tras mi estadía con Carson, me fui a vivir con mi madre en Phoenix. Y para entonces ya sabía lo que quería hacer. Le cuento que mi madre se encargó de cuidarme, de que eso fue lo que arregló las cosas entre nosotras. Le cuento lo de la agencia de adopción y la foto de la pareja que escogí.

—Me parecieron como una versión mayor de nosotros. Parecía que se querían muchísimo, que se hacían reír.

—¿Y tuviste al bebé?

—Sí.

Me aprieta los dedos con fuerza. Aún le quedan muchas.

—Una niña —le digo.

Sobre la máscara, veo que la frente se le llena de arruguitas.

—¿Una hija?

—Exacto.

Pasa un buen rato hasta que vuelve a hablar.

—¿Y dónde está?

Niego con la cabeza.

—No lo sé, no podían decírmelo. Pero, siempre que pienso en esa foto, sé que está bien. Eran buenas personas, estoy convencida de ello.

—¿Cómo se llama?

—No sé qué nombre le pusieron ellos. Yo la llamo Daisy.

Asiente y las lágrimas se le derraman por el borde de la máscara.

Se está bien sin la baranda. Estamos muy cerca, tengo la cara a pocos centímetros de la suya. Dejo caer la cabeza sobre su hombro.

—Tuve una hora con ella. Me dejaron darle el biberón, porque no tenía permitido darle el pecho. Me dijeron que solo complicaría las cosas, tanto para ella como para mí. Y se bebió el biberón como si supiese perfectamente lo que hacía. Con mis hijos no fue así. Ambos tardaron unos segundos en comprender qué tenían que hacer. —Lo noto exhalar un poco, quizás una risa o un sollozo—. Entonces llegó una enfermera a buscarla. Y yo marqué una casilla en la que le daba permiso a la agencia para que le dieran mis datos de contacto a ella. Cada vez que me mudo, los llamo y actualizo mi dirección. Por si algún día la pide.

—¿No lo ha hecho?

—No de momento.

—Tiene veintisiete años.

Asiento.

—Cuando lo haga, ¿podrías hablarle sobre mí? ¿Podrías decirle que la quiero?

—Claro que sí. Eso haré.

—Dile… —empieza, pero no consigo comprender el resto. Las lágrimas no lo dejan hablar, así que lo vuelve a intentar—. Dile que siempre voy a estar con ella.

Ninguno de los dos puede hablar durante un rato. Nuestras lágrimas se le acumulan en la clavícula.

Lo único que oímos es a Sam, roncando como una locomotora.

—Lo hiciste todo sola.

—No estaba sola.

—Lo hiciste sin mí.

Reviso el monitor. Está a ochenta y siete, incluso con la máscara. Van a tener que subirle el oxígeno por litro.

—¿Crees…? —Se frena para respirar.

—No hables, Hink. Conserva el aliento.

—¿Para qué?

No sé qué contestar.

—¿Crees que tendría que haberme casado? —Me busca la mirada—. ¿Habría sido más feliz así?

—No lo sé.

—Creo que no se me habría dado bien. Tal vez solo un cuarto del tiempo. Pero el resto habría querido estar solo.

Comprendo que tiene razón. Que casarnos solo habría conseguido volverme desdichada.

—Pero siempre te he querido —dice—. Nunca he dejado de hacerlo.

Entonces llega la enfermera Kelly. Sonríe al ver a Sam roncando y rodea su catre para acercarse. Levanto la cabeza y suelto la mano izquierda de Yash para que ella pueda retirarle un tubo de la vía y cambiarlo por otro.

Cuando se va, le vuelvo a apoyar la cabeza en el hombro.

—¿Crees que podré verla? ¿Cuidarla desde donde esté?

—Creo que sí —le digo—. De alguna forma.

—¿Crees que será mejor?

—¿Mejor que esta vida?

Asiente.

—Sí —le digo, como si fuese posible imaginar algo que no sea esta vida.

—Tenemos una hija —dice él.

—Perdóname.

—¿Por qué?

—Por no habértelo dicho.

Lo noto negar con la cabeza.

—Me lo has dicho. Me alegro muchísimo de saberlo.

Nos quedamos un rato en silencio.

Cuando creo que se ha quedado dormido, dice:

—¿Qué opinas de la muerte?

—¿De la muerte? —repito para ganar tiempo.

—¿Tienes alguna teoría?

—Vas a creer que es muy de Pollyanna.

—No lo dudo.

—Te has pasado la vida entera leyendo. Deberías ser tú quien me contase sus teorías.

—Dímelo.

—Pues creo que todos somos uno. Que compartimos la misma conciencia o energía o como quieras llamarlo. El universo se sigue expandiendo, pero dentro de poco, en cuestión de unos trillones de años más, volveremos a reducirnos a lo que éramos antes del Big Bang. Nos volveremos más y más pequeños hasta no ser más que una manchita diminuta. Y después dicen que no seremos nada, que no existiremos dentro de un agujero negro. Hasta que haya otra megaexplosión y retornemos.

—¡Y sorpresa! —dice en un hilo de voz.

—Creo que anhelamos la unidad porque es algo que hemos sentido antes. Así que queremos sentirla de nuevo. Es nuestro estado natural.

—La eternidad como concepto da un poco de yuyu —dice él.

—Solo si el tiempo existe tal cual lo experimentamos. Pero ya sabemos que no es así. Sin el tiempo, la eternidad no parece tan mala.

—Cierto.

Espero a que rebata mis teorías, pero termina diciendo:

—No sé yo si me va a gustar vivir trillones de años de una sola conciencia.

—A lo mejor te acostumbras.

—Puede ser. Y tengo una hija, Hink. —Se le quiebra la voz y me aprieta las manos con fuerza—. No sé por qué, pero eso lo hace más sencillo.

Lloramos un poco más hasta que noto que va perdiendo la fuerza en las manos y termina cediendo al sueño.

Sam rueda hasta ponerse de lado. Ahora tiene los dos pies colgando fuera del catre.

Verlo con los ojos abiertos me hace pegar un bote.

—He dormido demasiado —me dice sonriendo por haberme asustado.

—Un poco.

—¿Estaba roncando?

—Algo.

—Perdona, sé que es muy molesto. ¿Estaba despierto?

—Un rato, sí.

—Parece que está empeorando.

—Me temo que sí.

Tiene la ropa doblada en una silla, pero no puede llegar a ella.

—Iré a por café —le digo.

Bajo al sótano y hago cola. A esta hora solo hay personal del hospital, esperando en parejas o grupitos. Los murmullos me reconfortan, el oír hablar a esta gente cuyo trabajo es tan importante.

Hace unos años estuve en una charla con una filósofa que había escrito un libro sobre el tiempo. Nos explicó que había dos teorías predominantes: el eternalismo y el presentismo. El eternalismo es la creencia de que todo lo que es, ha sido y será existe en este momento y para siempre, todo a la vez. Mientras que, según el presentismo, lo único que existe es el presente. Nada de antes y nada de después. Sin excepciones. Cuando bajamos del escenario le pregunté en qué creía ella y me dijo que podía argumentar cualquiera de los dos, pero que últimamente se inclinaba más por el presentismo.

No entendí cómo se iba a inclinar más por el presentismo, por qué querría escoger solo el presente, no el pasado ni el futuro, cuando podría tenerlo todo junto hasta el fin de los tiempos. Sin embargo, haciendo cola para el café, con todas esas buenas personas trabajando para ayudar a que otros se sientan mejor, creo que está bien tener solo este momento y nada más. Me parece vasto, extenso, precioso. El solo estar aquí y ahora. Me siento feliz. Se lo he contado.

Ya no hay rastro del catre. Sam se ha vestido y ha vuelto a su sitio de siempre. Aunque Yash tiene los ojos abiertos, no están conversando. Le entrego a Sam un café y un bagel y dejo el de Yash en la bandeja. Sé que no se lo va a beber. Ya no se puede quitar la máscara durante tanto rato.

Yash me da la mano y dice algo que no consigo entender. Lo repite, pero los sonidos que articula no logran formar palabras. Sabe que no lo he entendido, pero no lo vuelve a intentar.

—Necesita más oxígeno —digo.

—Ya estamos a sesenta —me informa Sam.

Me giro hacia él. Sesenta litros por minuto. No se puede ir más alto.

Llega una enfermera que no conocemos. Enciende las luces y abre las persianas.

—¿Por qué estáis todos a oscuras? Que ya es de día, gente. ¿Cómo estamos hoy, caballero?

Yash le muestra un pulgar hacia arriba.

Sam se aparta de su camino, mientras la enfermera no deja de parlotear. Hace que Yash se incorpore en la cama y cambia su apoyo de un lado a otro para evitar que se le formen llagas por pasar tanto tiempo acostado. Yash la observa y asiente cuando le hace preguntas, hasta que se marcha y la sigue con la mirada.

—No me he comprado un sofá —dice con total claridad.

—Claro que sí —repone Sam—. Uno rojo.

Yash niega con la cabeza.

Unos minutos después, suelta un sonido horrible desde el fondo de la garganta, como si estuviese imitando un estertor agónico.

Le sorprende a él tanto como a nosotros.

—No me he muerto —nos dice entre risas al ver la cara que hemos puesto.

Le hace un ademán a Sam y este le baja un poco la inclinación de la cama. Yash cierra los ojos y veo al chico que conocí hace mucho tiempo. Veo al chico que dormía bocarriba en aquella cama individual, bajo un edredón amarillo.

Una hora y media después llega la familia, pero Yash sigue dormido. Aunque ya respira más despacio, aún se nota que le cuesta. Los veo comprender la situación, primero a las mujeres y luego a los hombres, más poco a poco. Sam se lleva a la madre de Yash al pasillo.

Un rato más tarde se presenta una médica en la habitación. Habla con Sam y conmigo en el pasillo. Dice que le parece que Yash va a perder el conocimiento pronto, si es que no lo ha hecho ya, y que podría tardar un día o dos más, quizás un poco más. En la mano lleva su «orden de no reanimar». Sam la escucha mejor de lo que hago yo. Lo único que puedo hacer es asentir e intentar no derrumbarme.

Volvemos a la habitación y Sam se lo explica todo a la madre y a las tías de Yash.

Jamie llega un rato después para retirarle todas las vías menos el catéter de Foley. Le quita la máscara de oxígeno y la cánula y le limpia la cara con delicadeza.

—Qué guapo es —dice la madre de Yash.

Sí que lo es. Guapísimo. ¿Se lo habré dicho en algún momento?

Le han quedado unas marcas rojas en las mejillas por culpa de la máscara.

Me preparo para un cambio súbito por haber perdido la máscara, pero su respiración continúa igual.

Un camillero se presenta con una bandeja llena de aperitivos, palomitas, galletas y patatas, todo en paquetes individuales.

—Ah, la bandeja —dice la tía Mo.

Vuelvo del baño y ocupo mi lugar. La habitación se ha quedado casi vacía, salvo por el tío Percy que está viendo el móvil. Le tomo la mano a Yash, solo que esta vez no es la de él entre las mías, sino la de mi madre. No hay otra forma de describirlo, es la de mi madre. A pesar de que lo que veo es la mano de Yash, lo que siento son los dedos anchos de mi madre, su palma menuda y suave, la misma que sentía cuando era pequeña. Me parece increíble.

Sam llega con una mujer llamada Jane, otra compañera de trabajo de Yash, y tengo que soltar a mi madre y cederle mi asiento a Jane. Sentada en una silla cerca del tío Percy, me como un paquete de galletas Lorna Doones que hay en la bandeja. Hasta el momento, no me había pasado nada místico en la vida. Hasta que, por un minuto o dos en esta misma habitación, alguna especie de canal se ha abierto y mi madre ha sido capaz de volver a aferrarme la mano.

Jane, la compañera de trabajo, le da palmaditas a Yash en el brazo y se seca las lágrimas varias veces. Le dice algo en voz muy bajita antes de levantarse y marcharse. Vuelvo a mi silla, pero mi madre se ha ido. Yash ha recuperado su mano, aunque no se vuelve cuando lo toco. No me habla sobre Jane. No llegaré a conocer su historia.

El móvil me dice que son las 6:10 p. m. Tengo que irme. Tengo que ir a Houston. Me despido de las tías y los tíos con un abrazo. De Paige y de Peggy Lynn. Jared, tan alto y delgado como un sauce, me abraza desde arriba. Su cabello rizado se me enreda un segundo en el pendiente. Le deseo mucha suerte.

Avanzo hacia Sam y nos abrazamos en silencio un buen rato.

Entonces vuelvo y me inclino sobre ti, amor mío. Paso una mano por tu flequillo enroscado hacia arriba.

—Te he querido toda la vida —le digo en un hilo de voz—. Hasta la próxima explosión masiva.

Hago rodar mi maleta desde su rincón. Vuelvo la vista una última vez y veo a Sam dándote ambas manos.

Avanzo despacio hacia el ascensor, como si yo misma fuese una paciente, como si fuese Hans Castorp enfermo en el sanatorio.

Le doy al botón verde y espero a que una puerta plateada se abra frente a mí.

CAPÍTULO DOCE

Creía que me sentiría mejor al poner distancia con el hospital y llegar al aeropuerto, pero la cosa va muchísimo peor. Está lleno de gente y barullo y nadie más que yo sabe que Yash se está muriendo.

Le doy a unos cuantos botones en la máquina, saco mi billete y avanzo hacia el control de seguridad con piernas temblorosas. Me quito los zapatos y alzo los brazos para pasar por el escáner corporal. Intento recomponerme en el baño y me lleva muchísimo tiempo hacer que mi maleta quepa conmigo en el cubículo. Ya se ha hecho de noche y no tengo recuerdos de haber comido hoy. Me lavo las manos, pero sin mirarme al espejo.

La pasarela central está a rebosar de gente. Ya ni sé dónde he dejado el billete, no sé qué puerta me toca. Tengo que buscar una de esas pantallas con los vuelos que salen. No volveré a verte nunca más. ¿A dónde irás? ¿En qué te convertirás? Pienso en Eneas yendo a buscar a su padre a los Campos Elíseos y que, al encontrarlo, se echa a llorar mientras intenta tocarlo, darle un abrazo. Lo intenta tres veces y en todas falla, pues su padre no es nada más que una ligera brisa entre sus brazos.

Me dirijo hacia los ventanales que dan a los aviones y las pistas de aterrizaje iluminadas en la oscuridad, donde me siento en un banco. Pienso en nuestras mallas rojas. En aquella cama diminuta en París. En que me contaste que los Románticos llamaban *la petite mort* al orgasmo. La pequeña muerte, eso era con lo que bromeábamos cuando terminábamos de follar y tu pene parecía un animalillo que ha perdido todos los huesos, tierno e indefenso. Pero ahora tienes que enfrentarte a la gran muerte. ¿Llegarás a saber que estoy recordando tu pene? ¿Cuidarás de Daisy?

Hago cola en un Chipotle. Ya me he comido la mitad de mi burrito cuando caigo en la cuenta de que no he comprobado la pantalla de salidas. Veo una al otro lado de la zona de restaurantes. Dejo mi comida abandonada y me acerco. Mi vuelo sale dentro de cuarenta y cinco minutos. A92. Cuando vuelvo, mi burrito parece un cadáver a medio comer sobre una camilla de papel de plata. Lo dejo ahí y me alejo despacio. Sigo las indicaciones hasta mi puerta. La gente va y viene muy rápido. Noto que me miran, aunque no tardan en apartar la mirada. Noto lo ausente que parece mi expresión. No quiero llevar la muerte a Houston.

Me toca un asiento del medio, hacia el final del avión. Hay una joven leyendo un libro en el asiento de la ventana. En el del pasillo, un hombre de hombros anchos está ensimismado en su móvil, intentando conectar lo que parecen ser tomates a toda prisa, antes de que exploten. Ninguno de los dos me ha dejado un reposabrazos. Cuando el avión empieza a alejarse de la puerta, me entra un mal presentimiento. Noto la muerte cerca. He traído a la muerte conmigo, en este avión. Busco la piedra de Jack en mi bolsillo y la aferro con fuerza. Antes tenía la creencia supersticiosa de que, si no hablaba con alguien de mi fila antes de que el avión despegara, tendríamos un accidente. Hace mucho que dejé de creer en eso, pero esta noche me parece una medida de seguridad que no puedo desperdiciar.

—¿De vuelta a casa? —le pregunto a la mujer que lee.

Esta alza la cabeza muy despacio, fastidiada.

—De vacaciones.

—¿A dónde? —Como lectora, me sabe mal por ella. Ojalá pudiese contenerme. Ojalá supiese que lo hago para protegernos a todos los que vamos en este avión.

—Ciudad de México.

—Anda, qué guay.

Vuelve a centrarse en su libro. No puedo ver cuál es dado el ángulo en el que está, dándome la espalda todo lo que puede.

El despegue me produce un efecto soporífero al que debo resistirme. No quiero quedarme dormida aquí, en mi asiento del medio. La cabeza se me suele caer hacia adelante sin previo aviso. Pero estoy muy cansada. Noto el cuerpo más y más pesado conforme el avión se va apartando de la tierra. Me siento drogada, desesperada por una vía de escape. Quiero olvidarlo todo y ceder ante la inconsciencia. Pero no quiero soñar. Recuerdo que me sentí así cuando mi madre murió. Tenía miedo de soñar con ella, de verla con vida y tener que perderla de nuevo. Y, durante mucho tiempo, no soñé con ella. No puedo evitar que se me cierren los ojos. Cuando nos estabilizamos y puedo reclinar mi asiento para que la cabeza no se me caiga hacia adelante, acabo quedándome dormida un buen rato y al final no sueño nada.

Me despierta la voz del capitán cuando avisa a las azafatas de que se preparen para aterrizar.

Hago cola en el puente de embarque para recuperar mi maleta. Una brisa húmeda y cálida entra por la puerta abierta que da hacia las pistas. Una vez que la tengo, sigo a un hombre con deportivas amarillas hacia la terminal, donde el aire acondicionado ha erradicado la brisa caliente. Sigo las indicaciones hacia los distintos transportes. Odio los aeropuertos. Odio los hospitales.

Llego a unas puertas de cristal con un cartel que reza PROHIBIDO EL PASO. Las cruzo. Me vibra el móvil y veo que es un mensaje de Sam.

Yash ha muerto.

Sigo caminando. Más adelante hay unas escaleras mecánicas que parecen moverse bastante más deprisa que las normales. Mi maleta y yo nos situamos en el inicio. Un escalón de metal y luego otro y otro más salen por debajo de mis pies. Van tan rápido, uno detrás del otro hasta bajar, que no puedo apoyar el pie antes de que desaparezcan. No puedo hacerlo con la maleta, es imposible que las dos lleguemos a salvo a una de esas islas de metal corrugado. Sé que es muy raro, dadas las veces que hemos viajado juntas esta maleta y yo, las muchas escaleras que hemos bajado. Los escalones de metal continúan apareciendo y separándose hasta bajar sin nosotras. Pero no puedo moverme. No puedo hacerlo. No puedo con nada de esto.

Me aparto y veo a la gente avanzar y bajar, algunos con maletas bastante más grandes y pesadas que la mía. Tengo que llegar al hotel. Tengo que ver a mi familia. Es casi medianoche. Lo intento de nuevo: doy un paso. Y lo conseguimos, mi maleta y yo. Estamos bien. Me aferro al pasamanos, negro y de goma. Bajamos. Busco algún otro cartel que me indique dónde encontrar los taxis y veo a Silas.

Está al final de las escaleras. No sé qué hace aquí. No le he dicho qué vuelo iba a tomar, ni a qué hora llegaba. ¿Ha llevado a los niños al hotel y ha vuelto a por mí? No lo sé, pero está aquí y me bajo de las escaleras y me derrumbo en sus brazos. Tiene que apartarnos del camino de la gente que sigue bajando por detrás de mí. Lleva su abrigo grueso de invierno y yo estoy entre sus brazos y todo lo que había guardado en mi interior empieza a desbordarme. Sube deprisa, con jadeos y lamentos y finalmente unos sollozos largos y silenciosos. Me abraza con fuerza y nos quedamos no sé cuánto rato ahí, junto a la escalera.

Me abraza en el asiento de atrás de un taxi y en el ascensor del hotel. Saca la tarjeta llave de la habitación de su bolsillo y entramos en silencio. La habitación está totalmente a oscuras. Noto a mis hijos al instante, su olor de cuando duermen y su respiración. Silas me da la mano y me lleva más adentro. Ya distingo las dos siluetas en la cama que está más cerca de la ventana. Están tumbados de lado, mirándose y con la boca abierta, como si se hubieran quedado dormidos en mitad de una oración. Abrazo a Silas y nos quedamos allí junto a la cama. Me duele el corazón de tanto amor que siento por los tres.

Me agacho para acariciarle la espesa cabellera a Jack. Le van a afeitar la cabeza otra vez, volveremos a ver todas las cicatrices que tiene. Y le abrirán el cráneo una vez más. A mi niño precioso, que tiene la mitad de su infancia tallada sobre la piel de la coronilla.

Pero estará bien. No sé de dónde me llega ese pensamiento, si es mío o de Silas. De Yash o de mi madre. De pronto llega a mí y me parece una posibilidad bastante real.

Silas y yo nos metemos en la otra cama. Me tumbo tan cerca de él como me es posible, tocándolo de pies a cabeza. Lloro un poco más y él me abraza y no sé dónde está Yash ni qué va a pasar cuando salga el sol y empiece la semana. Quizá sea cierto lo que dijo la filósofa, que el pasado y el futuro no existen, que este es el único momento que tendremos, este preciso instante y este y este y…

—Casey —me dice Silas al oído, medio dormido y acercándome a él. Es como si me leyera la mente—. Estás aquí.

¿TE HA GUSTADO
ESTA HISTORIA?

Escríbenos a...

plata@uranoworld.com

Y cuéntanos tu opinión.

Conoce más sobre nuestros libros en...

 plataeditores

 PlataEditores